Universale Economica Feltrinelli

GIULIA CARCASI
IO SONO DI LEGNO

Feltrinelli

© Giangiacomo Feltrinelli Editore Milano
Prima edizione ne "I Canguri" gennaio 2007
Prima edizione nell'"Universale Economica" aprile 2010
Terza edizione gennaio 2012

Stampa Nuovo Istituto Italiano d'Arti Grafiche - BG

ISBN 978-88-07-72174-8

www.feltrinellieditore.it
Libri in uscita, interviste, reading,
commenti e percorsi di lettura.
Aggiornamenti quotidiani

*La parola del legno
non è uniforme,
è una polifonia
di rumori ardenti
che hanno come diapason
le foglie mosse dal vento.*

ALDA MERINI

*Non posso dirtelo – ma lo senti –
né tu puoi dirlo a me.*

EMILY DICKINSON

Questa storia comincia di domenica e non poteva cominciare in un altro giorno.

La domenica per te è un avanzo di settimana, per me è una zingara che fruga tra scatoloni e panni usati, che cerca roba ancora buona in mezzo a quello che è stato buttato via.

Credo che i migliori propositi si facciano di domenica.

Credo che le guerre finiscano di domenica.

Credo che Ulisse sia tornato di domenica, dopo il ballo delle onde, è tornato a casa come torni tu, dopo il ballo delle onde, ogni domenica.

Per Penelope il suono del ritorno era il legno tosto di una zattera che si scontrava con la roccia del porto. E l'odore del ritorno era salsedine.

Per una madre il suono del ritorno sono tre giri di chiave, uno scatto, la porta che apri e chiudi. E l'odore del ritorno non è salsedine, no, è un profumo maschile che ti si è impigliato nei capelli, un profumo che ogni settimana cambi.

Vorrei incontrare quei colli schizzati di odori costosi, sapere che faccia hanno, come si chiamano, li conosco?, sapere come li baci, se hai del trasporto o se lo fai così, vorrei vedere come vai incontro a loro, se hai il passo deciso degli irresponsabili o se i tuoi piedi per un attimo si trattengono.

T'immagino tutto il sabato sera, Mia.

Immagino come diventi rossa quando un ragazzo ti chiede "come ti chiami?" e gli rispondi "fai tu. Giorgia, Sara, Chiara. Sono tutte le donne che vuoi" e sorridi, maliziosa come la mela che offre un morso.

Immagino finché ti vedo arrivare: le scarpe col tacco in mano, la borsa che pende dal polso, il mascara scivolato sotto l'occhio, brillantini ovunque. Sei una donna di ieri, non di oggi: ti porti addosso la notte prima.

È l'alba di una domenica dopo un sabato come tanti. Ti ha accompagnato a casa un ragazzo più grande di te, mi fa paura dire uomo, tu sei una bambina.

"Prendi il caffè?"

Fai cenno di sì con la testa.

Mi stringo la vestaglia addosso e mando indietro uno sbadiglio. Devo farti capire che sei al sicuro, fidati, parlami, verso il caffè in due tazzine, anche se il caffè proprio non mi va, siedo con te, bevo, sorrido, così si fa, dicono gli esperti.

"Dove sei stata?" ti chiedo, il tono costretto e calmo.

"Che fai, indaghi?"

"No, dicevo per dire."

"E allora non dire."

Cerco di farti una carezza, non sono una donna di gesti, sono una donna di brividi immobili, Mia, ci provo, tu però ti scansi subito.

"Sei capace di un po' di amore?" ti chiedo.

Tu mi guardi fisso negli occhi, dici "pensa a te" ed esci di nuovo.

Penelope non riconosce Ulisse quando lo vede tornare.

E io non riconosco te.

Una madre non lo fa, dicono gli esperti.

Non si leggono i diari, non ci s'infila nei pensieri dei figli.

I ladri entrano dalla finestra. I ladri, non le madri.

Una madre non lo fa, ripetono.

Scusami, ma la tua bocca è chiusa, Mia. E come faccio a capirti se non ti scippo i pensieri dalla carta.

Scusami, ma la tua porta è blindata, Mia. E come faccio a entrarti dentro se non passo dalla finestra.

Una madre non lo fa, assicurano.

Farò in fretta, un passo dopo che te ne sei andata, un passo prima che torni. Ti leggerò e mi scriverò.

Una madre non lo fa, io sì.

Questo diario è di
Mia

Mi chiamo Mia. Un nome prepotente, no?
L'ha voluto mia madre.
Io quando posso me lo cambio e mi sembra che le cose, senza quel nome, vadano meglio.
Io non vorrei essere Mia, vorrei essere di qualcuno, sapere di appartenergli e non muovermi da lì.
Mia è un nome solo.
Preferirei chiamarmi Tua.
Ma mia madre ha voluto così, ha voluto che fossi solo di me stessa. Forse la faceva stare tranquilla. Lei che non si fida di nessuno, lei che guarda con gli occhi da lupo, lei che è triste di una tristezza contagiosa.
Ho diciotto anni, diario.
Ho un cane che si chiama Pongo, ha le orecchie all'insù e il pelo a chiazze marroni e bianche.
Quando l'ho trovato in strada, ho promesso che mi sarei presa cura di lui, che l'avrei portato fuori ogni sera, l'avrei fatto stare bene. Adesso che è passato un anno, mi capita persino di dimenticarmi che c'è.
Pongo mi perdona, mi fa le feste lo stesso, anche se non lo porto a spasso, anche se non lo accarezzo. Io non riesco a capirlo il suo buonumore.
Io non sono capace di perdonare, penso che quando comin-

ci a perdonare è difficile smettere, è un vizio che rischia di farti passare per fesso.

La mia migliore amica si chiama Marzia, stiamo in classe insieme. È una ragazza speciale o forse no, con le persone non si può mai dire.

Faccio molti sogni la notte, la mattina non ne ricordo uno.

Mi piace ballare e cantare e recitare, ma non ballo, non canto e non recito.

Preferisco la teoria alla pratica, mi sembra che in teoria le cose riescano meglio.

Mia madre invece è una donna concreta, passa le sue giornate a fare. Io sono il rovescio di lei.

Lei ha la risposta pronta, io la domanda.
Lei ha i piedi di piombo, io di aria.
Lei sta in equilibrio, io casco di continuo.
Io sono lei capovolta, lei a testa in giù.
Ho mille ragazzi, a nessuno dico "ti amo".

Non credo ai principi e alle belle addormentate, ai vissero per sempre felici e contenti, credo alle persone che si sopportano, a quelli che ogni tanto si dicono "ti odio" e maledicono il giorno in cui si sono incontrati.

Marzia dice che quelle come me si definiscono "anaffettive".

Io, semplicemente, mi definisco "matura".

Chi mi conosce lo sa, non mi piace scrivere.

Scrivere è qualcosa di intimo, più intimo del sesso, quello si fa uno incastrato nell'altro, si fa senza studiare il corpo che si ha di fronte, dentro.

Scrivere è spogliarsi di fronte a qualcuno, lasciarsi guardare così, nudi e in piedi, pieni di difetti di carne.

Ho scritto sempre poco, frasi corte: salto da un ricordo all'altro, rincorro pensieri ogni volta diversi, e a inseguire mille farfalle non se ne acchiappa una.

Ma stavolta non ci torno a casa col retino vuoto, non mi perderò in voli che non c'entrano.

Lo faccio per te, Mia, lo sforzo di spogliarmi e lasciarti guardare. È per te questo sforzo di raccontare.

Se non le racconto i miei errori non li ripeterà, pensavo.

E invece li stai facendo lo stesso.

Forse stanno scritti nel Dna gli sbagli di una madre, chissà.

E allora, meglio parlarne.

Tu conosci una donna che parla solo di cose da fare e ha la voce dei dischi graffiati, una donna senza amore e senza amore sei anche tu.

Ma, vedi, nella storia di ogni persona c'è una diga.

Da una parte, l'acqua che cresce e scalcia ed è energia.

Oltre lo sbarramento, la terraferma.

Tu di me sai la terraferma.

E allora ti racconto l'acqua che non hai visto.

Una madre ha un compito doppio: partorire nome e figlio. Il nome nasce prima, richiede una gestazione più breve.

Poi sbuchi tu, Mia: il mio capriccio e le mie ragioni.

Tuo padre diceva "meglio di no", è un nome viziato per una bambina, assurdo per una donna.

Non m'importava, avevo i miei motivi per chiamarti così, li avrai anche tu alla fine di questa storia e forse, questo nome di cui ti vergogni tanto, piacerà anche a te.

Non mi piacciono i nomi lunghi, sono stata educata all'economia delle parole.

E non mi piacciono neanche i nomi latini, da portare a spasso come cagnolini di razza.

Adoro i nomi da vagabondi, corti come un fischio, per chiamarsi in fretta e scappare dalla polizia; i nomi da pescatori, che sanno di argento azzurro, di polpastrelli seccati dal sale, di navi che inseguono pesci: oro blu che salta e vibra e non si lascia prendere.

Capiterà anche a te: una sera tiri su il raccolto e lo senti pesante. E non è un gronco stavolta, no, è un tesoro.

Te l'ha regalato il mare, te l'ha messo lì, nella rete.

Pesa due spigole ricche di polpa e un gamberetto medio, da cocktail.

Pesa due chili e poco più.

Ha le spalle in minuscolo, ma si faranno spazio.

Ha le ossa di latte, ma si faranno di calce.

Me l'ha regalata il mare, me l'ha messa qui, in grembo.

Mia.

Per mio padre un nome valeva l'altro: con le figlie avrebbe parlato poco e niente, non gli serviva chiamarci.

È stata mia madre a insistere: "Giulia".

Sono nata con la camicia, una coperta di liquidi e placenta.

"Porta bene nascere con la camicia, è buon segno" si dice.

Io non credo alla fortuna e neanche ai segni.

Penso che il destino si fa i fatti suoi.

Faceva freddo quel giorno, mi sono coperta con quello che ho trovato, con la camicia, tutto qua.

Era il tredici dicembre del millenovecentoquarantasei.

"Il tredici porta bene, tranne a tavola" si dice.

No, il tredici non porta bene e non porta male.

Il destino non fa cenni: alza la mano e dà la risposta, non suggerisce.

Le risposte le hai solo quando lui ha finito, sta andando a letto. Il destino, te ne accorgi che c'è quando guardi indietro, mai quando guardi avanti.

La mia è una famiglia ristretta.

Tre persone, come nei presepi dei poveri: madre, padre e bambinello.

Quando una famiglia è ridotta all'osso non c'è scelta, si è costretti a stare insieme, a mangiare tutti e tre in un tavolo dove i gomiti non s'incontrano, a chiedere scusa anche se si è convinti di avere ragione.

Per me le famiglie devono essere numerose, così puoi fare gli schieramenti.

E poi io l'ho sempre voluta una sorella maggiore, una che mi presta i vestiti e mi passa i trucchi, una che m'intasa le orecchie con le sue storie da grandi e mi fa sognare raccontandomi quello che mi aspetta.

Mia madre ha due sorelle, non le frequenta, dice che al sangue non bisogna dare retta, è una parte bugiarda del corpo. Ma io credo che niente unisca come il sangue.

Con Marzia ho smezzato tutto: la prima sigaretta che non si aspira, la prima mestruazione che arriva e non vedi l'ora di andare anche tu a scuola con l'assorbente nello zaino, il primo bacio con l'apparecchio, la prima birra che ci ha fatto girare la testa, il banco, la cuccetta sul treno, quella voglia di fregare il tempo, di guardare che intorno tutto crolla ma noi ce la faremo a restare in piedi.

17

"*Marzia e Mia forever*" *avevamo scritto sulle pareti dei bagni.*

Forever un cazzo, Marzia.

"*Vanno cancellati tutti quei forever*" *ha detto la preside qualche giorno dopo.*

La sfiga di avere un nome particolare è che lo capiscono subito che sei tu quella della scritta, non ce n'è un'altra col tuo nome in tutto il liceo.

La preside ci ha messo un secchiello di vernice in una mano e il pennello nell'altra: "Domani voglio trovare i muri puliti".

E in un attimo accorgersi che "forever" è solo una parola e, come tutte le parole, dura poco: una passata di vernice.

Marzia dice "è come se fossi mia sorella", ma io lo so che non è vero.

Perché lei una sorella ce l'ha già.

Perché dire "è come se fossi" non è come dire "sei".

Perché il sangue, quando è diverso, fa fatica a riconoscersi e, a volte, non si saluta.

La mia era una famiglia di matrioške: una donna conteneva l'altra, se la metteva nella pancia.

Io ero la più piccola, stavo nell'unghia di tutte.

Ero la coda della famiglia.

È difficile essere coda: anche se ti metti a correre arrivi sempre dopo il corpo.

Eravamo tre sorelle: Flavia, Livia, Giulia.

Tre nomi latini.

Siamo venute come vagoni di un treno, una dietro l'altra, a poca distanza d'età.

Era una fortuna essere simili in altezza e taglia: i vestiti potevano passare da una all'altra, durare più di un giro di stagioni.

Portavo i maglioni smessi dalle altre, lana che aveva ceduto sotto la spinta di seni più grandi dei miei. Il mio corpo cresceva con spazi da riempire.

Quando quei panni non stavano più neanche a me, mia madre preparava il pacco per i "bisognosi".

I "bisognosi" potevano arrivare da un momento all'altro, prendere quello che avanzava.

Se smettevo per un attimo di giocare con una bambola, i "bisognosi" me la rubavano.

Se una gonna non mi stava più, ecco, era già loro.

Se la frutta non mi andava, c'erano i "bisognosi" con la bocca aperta.

Niente era in salvo, davvero mio.

Solo le scarpe, le mie scarpe speciali, nascevano e morivano con me. Portavo i sandali marroni, non per scelta, per disciplina: avevo le gambe leggermente storte e andavano corrette, fatte andare per il verso giusto, quello della retta.

Gli occhielli spiavano ogni mio passo, il cuoio mi marcava stretta. Non puoi correre, saltare, rotolarti nel prato: il cuoio è duro, se ti agiti graffia.

Le persone le capisci dalle scarpe. Io avevo fretta nei piedi, ma non ero libera di muovermi: ero una tartaruga ribaltata, che si scuote e dondola ma non si sposta di un passo.

E la notte, prima di addormentarmi, mettevo i sandali fuori dalla stanza. Speravo che i "bisognosi", approfittando del buio, me li portassero via. Ma si vede che non ne avevano bisogno.

Dei miei anni più energici non ho gonne né giochi.

Mia madre credeva che tra gli uomini ci fosse una catena del bene: l'anello di sopra regge quello di sotto.

E io ci credevo, appresso a lei.

Certo, mi scocciava che le mie cose andassero in giro per i fatti propri, che la mia bambola si facesse pettinare i capelli da un'altra bambina, che si addormentasse in altre ninne-nanne. Lo vivevo come un tradimento delle cose, cose mercenarie, che non distinguono tra me e un'altra, che non si ricordano di me, mentre io di loro sì.

Però c'era quella storia della catena del bene e, te l'ho detto, Mia, a quei tempi ci credevo.

Adesso no, adesso non do via niente: i tuoi abiti smessi sono nella cassapanca del salone, controlla.

Ho imparato l'egoismo della formica.

Ho imparato a conservare.

*Sono stata prima al cinema, poi al pub, poi a ballare.
La gente della notte ha un linguaggio in codice.
Ti offrono una sigaretta per dirti "mi piaci".
Ti guardano ballare per intuire come te la cavi a letto.
Ti chiedono "vuoi venire da me a berti qualcosa?" per sapere se ci stai.
Ci sto, anche se i giri di parole non mi piacciono; le persone dovrebbero parlare come frecce, andare dirette al bersaglio.
Cammino per il salone di questa casa che non conosco. Lui dice di avere trent'anni, sicuramente ha dimenticato di dirne qualcuno. Credo abbia una moglie o una fidanzata storica, l'ho intravista nelle cornici d'argento del salotto, e poi si avverte un tocco femminile nell'arredamento, nell'ordine della casa.
Dalle foto sembra carina, indossa una divisa da hostess, prima o poi lo beccherà con una e odierà quel lavoro che l'ha tenuta lontana, si dirà "se fossi stata più tempo a casa".
Noi donne siamo così, c'illudiamo che tutto dipenda da noi, che bastava spostare una virgola per cambiare il destino.
Forse vorrà vendicarsi.
"Chi è? Dimmelo" gli ordinerà urlando.
Non ti affannare, la ruota gira: stavolta è toccato a te fare la lei e a me l'altra, la prossima volta, chissà, forse faccio io la lei e tu ti fai il mio uomo.
Non me ne volere, ma resto a dormire qua, nel tuo letto,*

col tuo uomo, e domani mi lavo nella tua doccia e mi asciugo come tu ti asciughi.

Si fa mattina, me ne accorgo tardi, il sole s'è già fatto intero.

"Devo andare", anche se vorrei stare ancora un po' qui, se riempio il sabato mi sento piena.

"Vorrei rivederti."

Puoi dire quello che vuoi, non ti credo.

Tu e i tuoi anni calati.

Tu e la tua ragazza che ci guarda dalle foto.

Non capisci?, ti ho scelto perché eri bugiardo, perché sapevo che il giorno dopo non avrei sentito niente lasciandoti.

Questi sono i miei sabati, una folla di locali e facce.

Le domeniche sono più difficili da riempire: gli amici studiano, il tempo è quasi sempre una merda, piove, piove sempre queste domeniche d'inverno, il cielo non la smette di pisciare, gli uomini in giro sono dimezzati, quelli sposati stanno a casa, la domenica tira aria di famiglia.

Le tue domeniche sono da riempire.
Le mie sono da sfollare, Mia. clean out
E allora facciamo un travaso.
Queste sono le domeniche della bambina che ero.
Ti scrivo delle matrioške.

Di domenica le altre avevano i capelli lucidi e il vestito stirato, andavano in giro per il quartiere a raccogliere complimenti.
Io mi toglievo i sandali e scendevo le scale con i piedi in festa. In cortile c'era un circo senza biglietto: querce contorsioniste, uccelli funamboli, pini trampolieri.
Mi veniva istintivo inventare con gli occhi, scavalcare l'apparente immobilità della natura, guardare oltre la corteccia.
Il mio posto era in cima a un ulivo. Aveva il tronco robusto, le mani grandi, piene di nervi e calli, le mani di mio padre.
Mi arrampicavo in un attimo e restavo lì per ore: aspettavo che la natura mi scambiasse per un ramo o una scimmia e uscisse allo scoperto. Mi piaceva osservare il mondo senza di me.
A volte, prima di uscire, infilavo nella tasca una Rossana. Dopo che ero salita sull'albero scartavo la caramella, mettevo l'involucro rosso davanti alla bocca, soffiavo forte e

smuovevo la carta con le dita. Ne usciva un fischio di richiamo, un suono di ali che si sfregano.

I grilli erano lì sotto in un attimo.

Ci sono quelli che vorrebbero essere uccelli, per vedere cosa c'è al di sopra delle nuvole, per bere ossigeno puro.

Io non sono nata uccello, sono nata grillo: ho volato a metà, sono stata un attimo in aria e l'attimo dopo a terra, mezzo salto e mezzo volo. Meglio così, non bisogna fare l'abitudine al cielo.

Le mie domeniche odoravano di zucchero cotto.

Ero libera, senza scarpe.

Ed ero importante, ero la Regina dei Grilli.

Di mia madre ricordo le spalle strette, le scapole sporgenti come spigoli vivi.

Era una donna fragile, mia madre, con le vene turchine e le ossa di cristallo.

Mio padre l'abbracciava poco, forse aveva paura di romperla.

Sì, era una donna fragile, mia madre, anche se nei capelli portava la polvere da sparo: capelli lisci lisci, color ferro, le pistole hanno quel colore lì.

Sorrideva poco perché non le riusciva bene, per sorridere bene bisogna essere allenati.

Ecco, era una donna poco allenata, mia madre.

Credeva in un Dio che le mandava tutto quello che chiedeva, ma lei continuava a chiedere poco.

Non leggeva libri: le sembrava una scortesia mettere il naso nelle faccende degli altri.

Era una donna riservata, mia madre.

Si faceva i fatti della sua casa, ascoltava i resoconti delle figlie.

Non c'era gusto nel raccontarle le cose: per lei avevano sempre ragione gli altri.

"Non cambiare gli altri, cambia tu" diceva.

Non confidarti e quell'amica non ti tradirà.
Non mostrare le gambe e quel ragazzo non farà allusioni.
Era una donna, mia madre, che preferiva dare le colpe ai santi, gli assassini tremava solo a nominarli.
"Obbedisci, fai la brava."
Era una donna che non voleva vedere guerre, mia madre, e allora me le faceva ingoiare, mandare giù, nel buio dello stomaco.
Era una donna stupida, mia madre.

Di lei Flavia aveva le gambe a forma di fuso, le massaggiava con l'olio di mandorle dolci, le accavallava con sapienza.
Livia invece aveva preso da lei il naso dritto, la comodità di stare dalla parte di chi la ragione la piglia, non ce l'ha di diritto.
Le altre avevano scelto per prime il loro corredo, avevano preso i geni forti, a me erano rimasti quelli deboli, quell'ingenuità, quelle vene turchine, quel senso della risata stretta.
Era un problema di posizioni.
Mia madre era la prima, l'involucro, a volte avvertiva il peso dell'indigestione.
A Flavia e Livia era capitato di stare al centro delle matrioške: al centro si sta di lusso, coperte davanti e dietro.
Non c'era niente nella mia pancia, niente sotto, solo sopra.
Ero il plancton mangiato dal cefalo mangiato dallo squalo.
Ero coda.

pistola · gun

Marzia passa col motorino e io faccio finta di niente.
"Tanto lo so che ci sei" urla da sotto la finestra.
"Vai da sola" le urlo di rimando e insabbio la testa sotto il cuscino.
Dormire, ho bisogno di dormire.
"Poche storie, Mia, scendi", preme, preme in continuazione quel maledetto pulsante due, tre, quattro volte, perdo il conto.
M'infilo i jeans, la felpa bianca col cappuccio, metto il libro di greco nello zaino.
Bevo alla svelta il caffè avanzato.
Dormire, ho bisogno di dormire. E scendo.
"Ma non ti si stacca mai il dito?" le chiedo.
Marzia mi allunga il casco e ride.
"Sbrigati, che t'interrogano oggi."
"Non gufare. Semmai interrogano te, oggi."
"Ah, no, eh" dice lei scaramantica e si sfiora tre volte la tetta sinistra con la mano destra.
Usciamo dal cancello di casa e via la prima, la seconda, la terza, Marzia scala veloce le marce, cazzo quanto siamo in ritardo. A un certo punto inchioda: un gatto ci taglia la strada.
"Ci mancava il gatto nero."
"Dai, magari ha qualche macchia bianca" dico per dire.
"Sicura?"
"Mi pare."

Allora facciamo inversione e ci mettiamo a inseguire il gatto, quello scappa per tutti i vicoli di Trastevere, è assurdo come i motorini si facciano ancora fregare dagli animali, come la natura sia più agile delle macchine. Poi rallenta di fronte a un piatto di carta, c'è del pane bagnato di latte.

Scendo dal motorino piano, mi avvicino, lo prendo per la collottola.

"Tranquillo, micio, tranquillo" gli dico mentre allunga le zampe per graffiarmi.

"Allora?" chiede Marzia dal motorino.

"È nero dalla testa alle zampe."

Intanto si sono fatte le nove.

La campanella è suonata, il custode avrà chiuso la porta. Mia Rubini e Marzia Torti saranno date per disperse, l'ennesima A nelle nostre caselle, l'ennesima firma da imitare.

Marzia e io ci guardiamo negli occhi e la parola, in questi momenti, è una sola: Ostia.

Mangiamo al MacDonald's: hamburger e patatine a volontà, però la Coca è Light.

"Ma è Light perché non fa ingrassare o perché fa dimagrire?" chiedo a Marzia.

"Scema, è Light perché fa dimagrire. Puoi mangiare quanto ti pare, basta che bevi questa."

Marzia dovrebbe fare la nutrizionista, c'è bisogno di diete così.

Con un peso nello stomaco e le dita unte di fritto, ci facciamo una camminata sul lungomare.

Ostia si svuota la mattina, non c'è un'anima in giro. Sei padrone della spiaggia, senza cartacce né cani tra i piedi, senza baby-sitter dall'accento straniero e bambini che frignano.

È buono l'odore di salsedine nell'aria, buono il vento che scompiglia i capelli, strattona i giacchetti.

C'è solo una cosa che irrita nel profondo: il mare.

Il mare è logorroico, non ce la fa proprio a stare zitto. Tu sei lì che vuoi stare per i fatti tuoi, che vuoi farti un giro nei tuoi discorsi e lui insiste, spush spush, ti bagna i piedi, s'intromette, spush spush, richiama attenzione.

Marzia e io ci mettiamo sedute sulla spiaggia.

Gli zaini poggiati sulla sabbia, domani dal libro di greco scivolerà qualche granello e sarà difficile sostenere di avere avuto la febbre oggi.

"*Pronostico.*"

Scommettiamo su quelli che sono stati interrogati al posto nostro, sui voti che hanno preso, sugli accenti di greco in cui sono inciampati.

Marzia fa così, la prende alla larga, gira, comincia a parlare di scuola, di amiche, di ragazzi, poi arriva dove voleva arrivare.

"*Con Luca come va?*"

"*Acqua passata*" *rispondo, tira aria di predica.*

"*Eppure sembravi innamorata.*"

"*Sembravo*", *prendo una Marlboro dal pacchetto, è l'ultima, sto fumando troppo, no, non sto fumando troppo, fanno le sigarette più corte, è per quello che durano meno.*

"*Senti, Mia, io non capisco perché stai rinunciando a questa storia grandiosa. Secondo me ti stai facendo male.*"

"*Male?!? Io sto benissimo, Marzia. Pensa che sabato, al locale, ho conosciuto un tipo carino, sono stata a casa sua e...*"

"*...e Luca?*"

"*È meglio così, per tutti e due, capisci?*"

"*No, non ti capisco. Tu ti capisci da te*" *dice Marzia e scuote la testa.*

Accendo la sigaretta e faccio un tiro, cambio discorso, è la mia specialità: "*Perché non torniamo in Inghilterra quest'estate?*".

"*Quelle sì che erano estati*" *dice Marzia e sorride.*

Una di quelle è stata l'estate del nostro primo bacio. Era facile innamorarsi sapendo in anticipo che dopo quindici giorni l'aereo avrebbe diviso le strade e che la promessa di rivedersi sarebbe restata una promessa.

Erano divertenti quei batticuori per niente.

Ci agitavamo per un saluto, "*lo sai che mi ha detto ciao?*", *ci sentivamo belle per un po' di rossetto e mascara, facevamo i primi esperimenti d'amore, avevamo il dovere di sbagliare.*

Pensavamo che ogni ragazzo fosse quello giusto.

Adesso sono cresciuta, diario: so che un uomo è giusto la prima sera, la seconda è già sbagliato.

Il mio professore di fisica dice che l'universo tende al disordine, le molecole si allontanano ogni giorno di più una dall'altra. Io penso che anche le persone funzionano così, ogni giorno si disperdono fino a non ritrovarsi.

E non capisco che senso ha amare, concentrarsi su una persona e basta. Preferisco passare la notte con uomini di cui non m'importa, non avere le loro foto, dimenticarne all'alba nomi e facce.

Mi basta solo una parte di loro, la più sporgente, l'unica che non ho.

Per il resto, un uomo è da buttare.

A scuola mi chiamavano "l'Amazzone", per via di quella testa guerriera. Frequentavo il liceo classico, insieme ai ragazzi della Roma bene, io che ero perbene e basta.

Alle femmine ispiravo fiducia, mi chiedevano consigli e appunti.

Ai maschi piacevo, per le mie labbra sporgenti, per i miei occhi affilati, per i miei seni esplosi senza chiedere e senza preavviso, come esplodono i vulcani.

Pensavo che la bellezza fosse nei trucchi, non nei lineamenti: una mattina, di nascosto, metto il rossetto di Flavia ed esco per andare a scuola.

La professoressa di latino e greco, la Di Pietra, appena mi vede, lancia un urlo.

"Cammina" ordina, ma non mi dà il tempo di camminare, mi trascina per il braccio lungo il corridoio fino a raggiungere l'ala del liceo riservata alle suore.

"Suor Sofia" strilla la Di Pietra guardandosi attorno.

Una suora si fa avanti, ha una ciocca di capelli che le esce dal velo e le precipita sul collo.

"Questa sfacciata va messa in riga," dice la Di Pietra con le labbra torte, "o si piega o si spezza."

Suor Sofia mi afferra il viso con una mano e mi gira la testa a destra e a sinistra, tira fuori dalla tasca un fazzoletto e con strofinate energiche mi cancella il colore dalla bocca.

La Di Pietra dice che, per punizione, il venerdì pomeriggio andrò da suor Sofia, l'aiuterò in piccoli lavori di cucito, "così ti scorderai la vanità" dice prima di andare via e lasciarmi lì.

La suora mi fa strada nella sua stanza. Mi mette in mano un rocchetto di filo e mi chiede di farlo passare nella cruna dell'ago. Io ci provo, assottiglio la vista, le immagini si sovrappongono, allora chiudo un occhio e lascio l'altro aperto, mi avvicino con la mano e il filo, provo a fare centro, ma vado a vuoto.

"È difficile la precisione, vero?" chiede guardando i miei sforzi e aggiunge "ti stava bene quel rossetto."

La guardo con un occhio chiuso e uno aperto e non capisco.

Ricordo le sigarette spente nel lavandino della scuola, il silenzio immobile di quando la Di Pietra inforcava gli occhiali rossi e apriva il registro.

La mattina con i compagni ci s'incontrava sulla scalinata del liceo.

Io prendevo il 91, alcune venivano sulla Vespa del ragazzo, sedevano sulla sella con le gambe di lato.

La mia generazione stava in equilibrio, la tua traballa.

Ti ho visto come vai in motorino con Marzia, ti siedi a cavalcioni, la stringi forte alla vita.

Tu sei fatta così, Mia, sei piena di slanci, se non ti aggrappi a qualcuno ti sembra di cascare.

Noi no, stavamo composte in tutto, sulla Vespa come nell'amicizia. Il nostro gruppo aveva regole precise: chi suggeriva sbagliato era fuori, chi guardava il ragazzo di un'altra era fuori, chi parlava alle spalle era fuori.

Una mattina, a ricreazione, ci siamo passate uno spillo e, a turno, ci siamo punte l'indice, fino a fare uscire una goccia di sangue. Abbiamo unito indice a indice.

"Siamo amiche di sangue" abbiamo sorriso, perché i patti di sangue valgono più dei patti a parole.
Bisognava restare fedeli alle regole.
Sabato ci sarebbe stata una festa e per l'occasione era stata emanata una nuova legge: "Chi non va alla festa è fuori".

"Ragazzina, tu non vai da nessuna parte."
Mio padre era geloso delle donne di casa sua.
Era un uomo con l'hobby della caccia, lo spirito della conquista e della proprietà. Aveva un segugio, gli piaceva essere seguito, anche io dovevo seguirlo.
Ma a quella festa non volevo rinunciare, facevo parte di un gruppo, finalmente non ero coda, non ero neanche testa, ero una parte del corpo che sta nel mezzo, pari alle altre, e questo mi bastava.
"Chi non va alla festa è fuori, papà."
"Allora sei fuori."
Avevo poca scelta.
Potevo dire a Flavia o a Livia "copritemi", ma il silenzio ha un costo e io non volevo debiti.
Cercavo di dare nella stessa misura in cui mi veniva dato; il guaio era che, sul piatto della bilancia, mettevo degli altri anche le promesse, le consideravo già fatti. Davo azioni in cambio di pensieri, ci perdevo nel cambio della valùta.
Te l'ho detto, avevo poca scelta.
Potevo solo parlare con quella suora.
E, se non avevo il permesso di mio padre, provare a strappare quello di Dio.

Il venerdì pomeriggio vado da suor Sofia.
"Mi passi la scatola degli spilli?"
Prendo la scatola con tutte e due le mani, ma il mio pensiero è da un'altra parte. Gli spilli si rovesciano per terra, schizzano uno lontano dall'altro, stanchi della vicinanza forzata.

"Cos'hai?"

E penso che forse lei sì, può aiutarmi.

"C'è una festa domani pomeriggio e mio padre non mi manda."

Ci pensa su, mi guarda negli occhi, suor Sofia sa leggere le intenzioni della gente.

"Portati lo zaino con il vocabolario e qualche libro, di' che vai da un'amica a studiare."

"Ma, se dico le bugie, Dio non se la prende?"

"Dio se la prende se ti scordi di essere felice" mi spiegano i suoi occhi più neri del nero, più bui del buio. E quella frase mi autorizzerà a ripetute bugie.

"C'è qualcos'altro che ti preoccupa?"

A bassa voce, le dico che faccio atti impuri.

"Li fai da sola?"

"Sì."

Sì, lo faccio da sola l'amore, immagino e mi piace anche così, ma sono sicura che in due riesce meglio.

Gabriele è arrivato con le feste e le bugie dei sedici anni.

I capelli biondi e gli occhi celesti.

Io pensavo fosse l'arcangelo.

A volte appoggiavo la mano sulla sua spalla, per controllare se sotto la giacca avesse le ali.

A scuola cercavamo di evitarci, non stava bene che una ragazza si facesse vedere con un ragazzo più grande.

Non ero una santa, Mia, erano solo altri tempi.

La Di Pietra ci controllava dalla testa ai piedi e se c'era un filo di trucco o una gonna troppo corta, via.

Era un'ipocondriaca: quando i genitori andavano ai colloqui, lei s'infilava un guanto prima di stringere la mano; metteva una barriera ai germi.

Noi dei germi ce ne fregavamo, rischiavamo il contagio.

Alle feste si ballava attaccati, musica che non funziona da soli.

Ricordo le terrazze, i saloni con i mobili addossati alle pareti per fare spazio, gli inviti che arrivavano puntuali, al mercoledì per il sabato.

Si festeggiava in casa, non nei locali, le ragazze con le gonne a vita alta, i ragazzi con la cravatta e i capelli corti.

Poi c'ero io, con la faccia pulita e la battuta pronta, era facile perdonarmi se il mio cognome non suonava come i loro.

Fumavo le Muratti, fumavano tutti, qualcuno tossiva e rideva.

Si comprava tanto alcol quanto se ne beveva: non restavano tracce di bottiglie.

Le feste cominciavano verso le quattro del pomeriggio e alle otto si doveva stare a casa per cena.

Le figlie dei padri autoritari si riunivano nella toilette della festeggiata, stavano davanti allo specchio: si passavano il fondotinta, l'ombretto, il rimmel, la matita per le labbra.

E prima di tornare a casa, tutte di nuovo lì, con l'ovatta e il detergente, a struccarci.

Il quarantacinque giri girava.

E quello non era ballare, era misurare il corpo dell'altro.

Prendevamo confidenza in quel modo, perché a scuola ci si poteva al massimo guardare.

Te l'ho detto, Mia, eravamo di un'altra generazione.

Noi ballavamo *Tous les garçons*, eravamo ragazze di porcellana, ci consideravano sceme carine.

"Una donna senza uomo è meno di metà" diceva mia madre, voi potete diventare ministri e presidenti.

Noi eravamo puttane o spose, voi potete andare a convivere, prendere e lasciare.

Noi giravamo con un Martini in mano, voi bevete gli intrugli che vi preparano in discoteca e chissà che c'infilano dentro. Noi ballavamo in coppia, voi ballate musica autonoma, la si balla anche da soli.

Io andavo e tornavo con la faccia lavata di trucco, tu il mascara aspetti che se ne scivoli sul cuscino.

No, Mia, non sto qui a dirti che ero una santa.
I santi si fanno pregare, io no.
Io non chiedevo voti, mi bastava un bacio e una promessa da non mantenere.
Erano altri tempi.
Io facevo l'amore di pomeriggio, tu torni la mattina dopo.

Gabriele ha i capelli biondi con la brillantina, splendono che sembrano un'aureola.
Se ne sta appoggiato a una colonna e in molte vorrebbero essere quel marmo.
Mi vede e fa l'occhiolino.
Io sorrido, l'occhiolino non lo restituisco, non sta bene.
Mi siedo sul divano, stringo le spalle nel mio cardigan blu, spettegolo con le mie compagne, commentiamo la gonna di quella che ci sta antipatica, ridiamo di quel ragazzo che ha le mani sudate e aspettiamo un valido invito al ballo.
A quelli che non mi piacciono dico "no, grazie, sono stanca", lo dico di corsa, così Gabriele non sente.
E, magari, un sabato di questi, lui si stacca dalla colonna e mi fa cenno con la testa.
E una canzone e un'altra e un'altra ancora.
Non sarò stanca, avrò i piedi nuovi.
Ancora una giravolta, Gabriele, ancora un'altra, finché la testa diventa una giostra.
Dammi la tua guancia, io ti do la mia.
Che t'importa della colonna e del bicchiere che tieni in mano?
Che t'importa di fare l'angelo?
Lasciala sola la colonna, se la caverà anche senza di te.
Lascialo cadere a terra il bicchiere, domani qualche domestica pulirà.
Togliti l'aureola, che t'importa?
A te deve importare di me.

Mi piace guardarlo, da divano a colonna, non troppo, altrimenti capisce.

M'intriga, mi attira, mi tira, non lo so come si dice in questi casi, però so che non ci si oppone alla forza di gravità, la spunta sempre lei.

Gabriele finisce con un sorso il bicchiere, si alza, viene verso il divano.

Ecco, quattro passi ed è qui.

Calma, Giulia, calma.

Una brunetta lo ferma, lo invita a ballare, lui ha un attimo d'indecisione, non sa dire di no.

La pista è loro.

Mancavano quattro passi.

"È perfetto" sospira una mia compagna e i suoi occhiali spessi non riescono a nascondere una scintilla di desiderio.

"Non è poi un granché" rispondo e ingoio.

Io la gelosia la sentivo nel midollo.
Era una scarica di elettricità per le ossa.
Luca aveva un modo di fare materno con le ragazze.
Mi mandavano in bestia quei buffetti sulle guance, quei baci sulla fronte, quell'accompagnare dietro l'orecchio i capelli di un'amica, scaldarle le mani racchiudendole nelle sue.
"Perché non ci vai a letto?" gli suggerivo, "sarebbe un gesto meno intimo."
Lui girava la testa dall'altra parte e si faceva rosso come un semaforo.
Ripeteva spesso che io non potevo capire.
Eravamo diversi, pronti a criticarci.
Lui faceva parte del Consiglio degli studenti, alle camicie arrotolava le maniche fino al gomito, parlava senza microfono, a voce bassa, eppure si faceva ascoltare lo stesso, era uno di quei tipi giusti che ti fanno sentire sbagliata.
"Mettiamo ai voti l'occupazione," aveva detto, "io sono il primo a firmare."
Io ero l'unica contraria.
"Ma che volete cambiare? Tanto il mondo girerà sempre nello stesso verso. Pensate di poter fermare il sistema ma poi non sapete neanche smettere di fumare. Ogni persona fa finta: fa finta di fare la rivoluzione, fa finta di essere speciale, fa fin-

ta di innamorarsi, fa finta di essere immortale. Io mi sono stancata di fare finta. Non ci sto."

"Allora vattene" aveva detto Luca aprendomi la porta.

Qualche giorno dopo mi era venuto incontro nel corridoio di scuola.

"Tieni" e mi aveva messo in mano un libro.

Avevo letto quel libro la sera stessa. Parlava di un uomo comunista in una Turchia che andava nella direzione opposta, parlava della donna che aveva amato, di come contavano i giorni per rivedersi fuori dal carcere, di come in quella prigione fiorissero le rose ogni volta che lei entrava.

Era un libro che parlava d'illusioni tanto vere che sembrava impossibile non vivere e non morire per loro.

Glielo avevo restituito il giorno dopo, a ricreazione.

"Allora?" mi aveva chiesto.

"Sono belle parole, tutto qui."

Lo incontravo ogni mattina, nel corridoio della scuola, accanto alla mia classe, nell'androne, sulla rampa di scale.

Mi chiedeva di uscire, la formula era "una pizza e una birra".

Gli ripetevo di no.

"Hai il ragazzo?" chiedeva preoccupato.

"No e non mi farò prendere in giro da te."

"Tu sei una persona senza sogni" mi accusava.

"Non è vero, un incubo ce l'ho, sei tu."

A casa mia si fanno sempre le stesse domande: dove vai, quando torni, resti a dormire da Marzia, che cosa farai all'università.

Luca era pieno di domande nuove; certe mattine mi chiedeva "cos'ha il tuo sguardo?" e non voleva rassegnarsi alla risposta che quello era il mio sguardo e basta.

Abbiamo cominciato così, con la mia autodifesa e il suo attacco dolce, con le sue certezze e il mio disincanto.

"Io penso che l'amore sia un sacrificio sociale. E tu puoi dirmi che non è vero, ma questo è quello che ho visto. Mi guardo intorno ed è pieno di gente divorziata, di storie d'amore fra-

nate e io come faccio a stare con una persona e a credere che non finirò anch'io tra quelle macerie?"

"*Io penso che un tuo bacio può valere le macerie in cui forse un giorno mi lascerai.*"

Deglutiva più forte quando provava a dire qualcosa di carino. Io, puntualmente, cambiavo discorso.

"*E tu, Luca, ce l'hai la ragazza?*"

"*No.*"

"*E non ne senti il bisogno?*"

"*Che vuol dire avere bisogno? Si hanno un sacco di bisogni. Bere, mangiare. Avere la ragazza non dev'essere un bisogno, dev'essere un sogno.*"

Era così facile credergli, così spaventoso.

È l'ultimo venerdì di punizione.
Suor Sofia mi chiede "com'è andata?".
"Bene, anche stavolta papà non ha scoperto nulla."
Le racconto che ho un peso in mezzo al petto quando esco di casa, che mi giro ogni volta che avverto un passo dietro di me e penso che è lui che mi sta seguendo, che se mi scopre chissà che fa.
Poi però quel peso dal petto se ne va appena arrivo e sento la musica della festa.
"Nel cuore c'è spazio solo per una cosa: quando ci sta la paura non ci può stare la musica e quando ci sta la musica non ci può stare la paura" mi spiega lei.
E, quasi quasi, ci credo.
Il cuore è piccolo, lo tieni in una mano, non c'è spazio per tante cose là dentro: al massimo, se si stringe, ci può stare una persona.
"E la festa com'era?"
Le descrivo le fantasie delle stoffe, i fermacapelli di tartaruga, le fragranze francesi, il mio vestito che è sempre lo stesso e qualcuno se n'è accorto, ne ha riso.
"Ti va di venirmi a trovare?" chiede senza tanti giri.
"Io oggi ho finito, la Di Pietra ha detto che non devo più venire."
"Non ti sto dicendo che devi, ti sto chiedendo se vuoi."
Ci penso su.

"Sì, vengo."
Lei mi lascia andare e bisbiglia "portati il vestito".

Lo scheletro della mano è uno spezzatino di ossa.
Ossa che si fanno compagnia, che si siedono vicine.
È alle ossa della mano che associo parole come "banda, clan, gruppo, comitiva".
"Famiglia" no, per me "famiglia" non è mano, è spina dorsale, è il posto dello sforzo, è un grattacielo di vertebre impilate una sull'altra.
Si dice che le ossa sono la parte minerale, la montagna che c'è nell'uomo.
Ma le mani di Sofia salgono e scendono come onde: passano il vestito nella macchina da cucire, quello scappa da tutte le parti, è un bambino che ha paura dell'ago.
No, il corpo di Sofia non può essere fatto di sassi, dev'essere liquido, dev'essere mare.
Lei ripete "una cucitura qua, una là", "qui ci aggiungiamo un fiore di stoffa", "allarghiamo in questo punto, stringiamo in quest'altro".
E alla fine il vestito non lo riconosco, non è più quello che avevo portato io.
"Grazie" dico, me lo appoggio addosso.
"Vedi, la fantasia aggiusta tutto."
"No, Sofia, servono anche le mani buone che hai tu."
Lei sorride di un sorriso bianchissimo.
È strano scoprire di una persona i denti, dopo che per settimane hai visto solo gli occhi.
È strano vederne la pelle, scura, sapere che il sole è lo stesso per tutti, però all'equatore ha un odore e una spinta più forte.
"Grazie" ripeto, dirlo una volta non mi sembrava abbastanza.
"Quando vuoi puoi tornare."
"Lo farò."
Lei mi guarda con i suoi occhi di pozzo.
E sorride di un sorriso più lungo.

La verità è bicolore.
Non ci stanno tinte di mezzo, non ci stanno i compromessi del grigio, il carnevale del blu, del rosso e del giallo.
L'ho imparato quando ho messo a stendere le parole nere sul foglio bianco e la verità le ha asciugate.

Con Marzia al supermercato.
Lei seleziona e preleva le peggiori porcherie dagli scaffali, io ripasso e raddoppio le dosi.
È da incoscienti mandare due ragazze della nostra età a fare la spesa, c'è un'età giusta per tutto, per andare in bicicletta, fumarsi una sigaretta, fare sesso.
C'è un'età giusta anche per fare la spesa: dai trenta ai sessanta.
Faccio vedere a Marzia una busta di minestrone surgelato, cinque minuti ed è pronto, lei me la strappa di mano e la rimette nel banco frigo.
"Io i denti ce li ho ancora" dice per mettere le cose in chiaro e lancia una tavoletta di croccante nel carrello.
Ecco, prima dei trenta ti sembra da sfigato mettere in bocca cose liquide, il minestrone può aspettare, c'è tempo. Le esperienze restano poco nell'anima, fanno spazio ad altre esperienze, le cose che mangi sono di passaggio: l'intestino sparecchierà tutto.
Dai trenta ai sessanta pensi al diabete, al colesterolo, le cose che mangi te le vedi addosso, il würstel che ti strozza il cuore, l'alcol che ti indurisce il fegato. Il tuo credo è il principio di causa-effetto e tu l'effetto lo vuoi rimandare il più possibile.
Dopo i sessanta te ne freghi, torni a mangiare i cibi capric-

ciosi che mangiavi da ragazzino: mangiare sano non ti salverà, tanto vale mangiare insano.

Mia madre, da qualche mese, ha un'ossessione per le Rossana.

Lei così attenta, lei che "si mangia per vivere, non si vive per mangiare", ha un'ossessione per quelle caramelle.

E mi fa tenerezza questa donna bambina che ha i capelli grigi ma li tiene lunghi fino alle spalle, questa donna medico che ogni giorno infila un sacchetto di caramelle nella tasca del camice.

Sa che mangiare sano non la salverà.

Tu parli di donne bambine, Mia.
Be', ci sono due volte in cui si è donne bambine.
A diciotto anni nel corpo, per forza.
A sessant'anni nella testa, per debolezza.

Il tempo si diverte a rovesciare la clessidra. A me sono tornate persino le paure di quando ero piccola, il buio.

Io pensavo che il buio fosse complice dei mostri, che li nascondesse nella sua pancia.

Al buio vengono fuori le bestie, quelle che si cacciavano col fuoco. Ci sono paure che neanche l'evoluzione cancella.

C'era un gioco con cui sono cresciuta, un gioco di coraggio. Ce l'aveva spiegato Flavia. Livia e io l'ascoltavamo attente, Flavia era la più grande, la capobanda.

"Dovete nascondervi, io resto fuori dalla stanza, poi al buio mi chiamate e io entro a cercarvi. La prima che trovo ha perso e si riaccende la luce."

Mi sono messa dietro a un comodino, Livia mi guardava da sotto il letto.

Il buio ci ha separate in un attimo.

"Flavia, entra!" ha urlato Livia.

Io no, non potevo urlare.

Era il buio di fuori o quello di dentro a spaventarmi?

Me ne stavo lì, rannicchiata, aspettando, sperando di essere trovata subito, di perdere per prima, così si accendeva la luce e basta.

Non ho mai pensato di alzarmi e premere l'interruttore.

La salvezza, se arriva, viene dall'esterno.

Il gioco che faccio in questi giorni è simile, Mia.

Anche adesso sto al buio, per far venire allo scoperto le ombre che abitano in me o che, forse, mi sono state accanto.

Le riunisco ogni giorno, le guardo in faccia per raccontartele.

E anche adesso non sono capace di accendere la luce.

La salvezza, se arriva, verrà da te.

Questo per dirti che hai ragione, Mia, sono una donna bambina che mastica Rossana, un medico con le tasche del camice piene di caramelle. Questa è quella che sono e conosci, ma non sto qui a dirti quello che già sai.

Ti parlo di quello che ti è sfuggito, ti chiedo di guardarmi mentre salto dal trampolino del tempo.

I miei diciotto anni sono quasi scaduti.

Sono una Sirenetta, non sto bene né in terra né in mare, non cammino come un uomo e non nuoto come un'orata.

Mezza carne e mezzo pesce. Ma più passa il tempo e più sono carne, il pesce non lo so che fine fa.

Il corpo ha preso forma, quella giusta.

Aspetto l'amore, adesso ho l'età. Aspetto.

Sofia dice "la pentola guardata non bolle mai".

E allora faccio finta di guardare altro, ma quella stupida pentola non bolle lo stesso.

Sofia la vado a trovare spesso, anche se di lei non so nulla.

È una donna che schiva le domande, parla degli altri, di sé neanche un cenno.

C'è un patto tra noi: lei mi aggiusta i vestiti, in cambio vuole che le racconti l'atmosfera delle feste e dei balli appiccicati.

È strano vederla arrossire di un imbarazzo che la sua pelle nera non riesce a trattenere.

Dei suoi consigli in amore me ne faccio poco, che esperienza vuoi che abbia una suora.

Flavia sì, a lei dovrei chiedere.

Flavia fa la doccia ogni mattina e ha la pelle di velluto, i suoi capelli sono color castagna ma sanno di miele.

Li porta indietro con un cerchietto di tartaruga per mettere in risalto gli orecchini.

Sono regali di Franco, lei fa la segretaria nel suo studio.

"Lui conosce a memoria il codice dei buoni e dei cattivi" dice Flavia a mio padre per convincerlo che Franco è una brava persona, fa l'avvocato.

Io non farò l'avvocato perché, a volte, quello che è legale non è onesto e quello che è onesto non è legale.

Franco la "rispetta", così dice lei, la passa a prendere con la macchina e lei si fa aspettare dieci minuti per strategia.

Io le strategie non le conosco, "per questo Gabriele non ti si fila" mi sgrida Flavia.

Già, io farei le scale di corsa, scenderei col fiato corto.

Lei sa molte più cose di me, ha la laurea in sentimenti.

Io sono un'ignorante, so solo un argomento a piacere: Gabriele.

Poi quel sabato arriva.

Gabriele mi tende la mano, mi alzo dal divano, piano, non do a vedere che ho fretta di lui.

Il twist è un ballo crudele: non ci si incontra mai.

"Sbaglio o sei cresciuta?"

"Sbagli", non voglio essere "cresciuta", voglio essere "grande" e basta, come quelle che piacciono a te.

"Quanti anni hai adesso?"

"Tu quanti me ne dai?"

"Ce l'hai un ragazzo?"

"Tu?"

"Ma rispondi sempre con una domanda?"
È il twist: una domanda a te, una a me.
Black out. L'elettricità scappa dall'isolato.
Un cane vede nero e abbaia.
Gli invitati si lamentano, la festa non è riuscita.
Un bacio biondo mi arriva sulla bocca, è la festa più riuscita di sempre.

"Com'è andata la festa? C'era Gabriele?"
"Sì."
"Ti ha invitato a ballare?"
"Sì."
"Ti ha baciato?"
"Preparo il tè." Apro il rubinetto, prendo un pentolino dalla credenza e ci verso un po' di acqua.
Giro con il pollice la rotella di un accendino, do fiamma al gas e metto l'acqua a scaldare.
Sofia se ne sta seduta sulla branda, le gambe saldate tra loro.
Cerco due cucchiaini, ce n'è solo uno.
Prendo due tazze, una è sbeccata.
Questo posto non è attrezzato per due.
Cerco lo zucchero: apro lo sportello della credenza, niente, ci deve essere un barattolo da qualche parte.
"È inutile che insisti, non c'è, mi scordo di comprarlo."
Non si può dimenticare lo zucchero, si può dimenticare il latte, il dentifricio, lo zucchero no, lo zucchero tira su il sangue.
"Le stanze sono come i cani, finiscono con l'assomigliare ai padroni" si giustifica Sofia.
Mi do un'occhiata intorno: Sofia è questo.
Sofia è zucchero scordato, è quell'odore di cassetto, un odore discreto, che non resta nei panni, appena esco di qui se ne va, è foto in bianco e nero, foto piccole, sbiadite al centro, e lei gioca a indovinare i tratti che il tempo ha cancella-

to, foto messe in cima a una mensola, nessuno arriva a guardarle. È mani in grembo, è un silenzio che giudica, è pensieri che se ne stanno per i fatti loro.

"Ma noi, Sofia, siamo amiche?"

"Certo."

"Però tra amiche non funziona così: io ti racconto tutto, tu di te non parli."

Dopo qualche minuto il pentolino brontola: anche gli oggetti sanno essere polemici.

"Io non ho una storia da darti."

"Tutti ne abbiamo una."

Allora lei non sa cosa dire, guarda il pavimento, le devono essere cadute le parole.

E mi metto a guardarlo anche io il pavimento, per vedere dove sono finite quelle parole, per raccoglierle.

"Tu sei solo domande e io risposte."

Il suo sorriso scolorisce, i suoi occhi fissano un punto invisibile. Parte, lontano, in un pensiero che non si sa.

E io mi sforzo d'intuirlo quel pensiero, per riacciuffarla, per riprenderla al lazo e riportarla da me, ma è complicato.

Complicato come curare il dolore se non sai dov'è.

La prima volta si fa con quello sbagliato, quello che la testa per un attimo dice "è lui", l'attimo dopo dice "ops, mi ero confusa" ed è già tardi.

L'ho fatto con uno di ventidue anni, abita al piano di sotto, mi dava ripetizioni di matematica.

Lui sta al terzo anno d'ingegneria.

Io con le equazioni sono una frana, trovare il valore dell'incognita mi snerva.

Il fascino dell'incognita è proprio in quella ics, che non lo sai quanto vale, può valere tutto o può non valere un fico secco.

Ho infilato un top rosa, una gonna elasticizzata nera e sono scesa da lui.

La porta aperta, un silenzio insolito.

Le altre volte c'era il rumore della madre che trafficava in cucina e si affacciava per salutarmi.

"Tua madre?"

"È partita con mio padre" e ha sorriso.

I miei non partono mai da soli, sto io in mezzo ad accorciare i loro silenzi.

Mi ha fatto strada in camera sua, ci siamo seduti alla scrivania e abbiamo cominciato a chiacchierare, come andava la scuola, come va l'università, certo devono essere tosti gli esami d'ingegneria, sì, e tu che prenderai dopo?, boh, c'è tempo, de-

ciderò al momento dell'iscrizione, io sono così, ascolto quello che mi dice la pelle.
"Prima di cominciare, prendo una birra. Ti va?"
"No, grazie, la matematica non la capisco da sobria, figuriamoci da brilla."
Una lattina di Tuborg, cinque gradi di buonumore.
Lui che alla fine di ogni sorso dice "ah", si pulisce la bocca con il polso e si sente uomo, come se un uomo fosse tutto in un "ah".
"Risolvimi questo esercizio."
Un'equazione di secondo grado.
E quanto potrà valere, uno?, meno quattro quinti?
Che importa quanto vale. Perché bisogna trovare a tutti i costi?, a me piace cercare, cercare e basta.
"Io non la trovo la ics."
"Ma è facilissimo!"
"Non mi piacciono le cose facili" *e ho posato la penna sul tavolo. E nello stesso istante in cui l'ho posata, quella ha cominciato a rotolare giù.*
Ci siamo guardati, questione di un attimo: era un segnale.
Io penso che i segnali sono nelle piccole cose: una lampadina che si fulmina, un gallo che canta, una penna che casca.
Lui ha allungato il braccio per raccoglierla, la cercava sul pavimento e mi sfiorava le gambe, le ho aperte leggermente mentre la sua mano saliva.
"Ti va?"
Non ho detto sì e non ho detto no: io non so cos'è meglio per me.
Ci siamo stesi sul letto.
Mi ha tirato su la gonna e si è slacciato i jeans.
L'abbiamo fatto mezzi vestiti, come due che s'incontrano e non hanno la confidenza di spogliarsi.
Non mi ha chiesto se era la prima volta, non gliel'ho detto.
Meglio così, mi sono risparmiata le carezze, il bacio finale, le frasi di rito come "stai tranquilla" *e* "grazie per aver scelto me".

Lui non sa di essere stato scelto e forse io non l'ho scelto, è capitato, come qualcosa che doveva capitare e basta.

È successo perché volevo sentirmi un po' più grande, perché pensavo fosse il momento, perché in classe mia l'avevano fatto tutte, anche le più brutte.

È successo perché pensavo che ci fosse una scadenza, pensavo che tutto scadesse, come la mia famiglia, i biscotti, lo yogurt.

Non c'è stato niente di magico, no.

Meglio così, non sono tipo da romanticherie.

Mi sono sistemata la gonna, lui si è allacciato i pantaloni.

Ci siamo rimessi seduti al tavolo, con il libro di algebra e il quaderno davanti.

E quell'equazione, rossa in faccia e piena d'imbarazzo, l'ho risolta in un attimo.

Marzia è diventata pallida quando gliel'ho raccontato.

La sua è stata una prima volta da film, sulla spiaggia, "dolce e lenta" sussurra lei.

"Marzia, io non so fare come te, quello che è dolce per me è debole e quello che è lento mi annoia."

Ancora oggi, quando riparliamo della mia prima volta, Marzia sorride e dice "se aspettavi Luca era un'altra cosa".

Ma che ne sapevo io che Luca esisteva, per me quelli come lui erano leggende, come gli unicorni e i minotauri, mitologia, favole da non credere.

"Amore e tosse non si possono nascondere" diceva Sofia nel suo italiano zoppo.

La porta è piena di occhi quando la chiudo, quelli di Flavia m'inseguono anche dalla finestra, al di là del cancello.

Gabriele sta nascosto all'angolo della strada, mi cammina attaccato. Si cammina meglio in due, si ha una bella andatura: un bacio e un passo.

Lui fa un sacco di domande, vuole i giuramenti.

"Giurami che mi ami. Adesso e per sempre."

Sorrido e non rispondo.

Ti lascio tenere le mie mani in pegno, ecco, me le svito dal polso e le lascio a te, Gabriele, ma scordati le promesse.

Mio padre ha il giuramento facile, lui dice a mia madre "cascasse il mondo se io ho fatto questo" e io me lo vedo il mondo su un piede solo.

Mio padre ha dei capelli rossi sulla giacca, ma "cascasse il mondo se ho sfiorato un'altra donna".

Io vivo ogni giorno come se fosse l'ultimo.

So che, prima o poi, il mondo cascherà.

No, Gabriele, scordati le promesse.

I politici le fanno seri, a me scappa da ridere.

Chi sono io per giurarti sull'eterno?

Non sono padrona del tempo.

Ma sono schiava di te.

Un mappamondo è il nuovo acquisto di Sofia. L'ha visto in una vetrina e non ha saputo resistere.

Dice che quando lo guarda, le sembra di vedere casa sua.

"E che sta succedendo adesso laggiù?"

Lei si sporge sul mappamondo e strizza gli occhi, come per vedere meglio.

"Mio fratello si sta laureando, mia madre sta lavorando a maglia, mio padre ha comprato un ristorante, c'è un buon odore di carne alla griglia."

Resta sospesa in quelle fantasie che vorrebbe vere.

"E il tuo vicino di casa che fa?"

"Si sta spogliando, meglio non guardare", ride e con la mano gira il mappamondo, torna a Roma.

Sofia è fatta così, è sospesa o ride, nebbia o sole.

Il suo paese è come lei, le piogge non le dà a vedere.

"E tu, Sofia, sei contenta di essere partita?"

"Non c'era niente a casa nostra, certi giorni ti mettevi a dormire per dimenticare la fame.

D'inverno ci addormentavamo vicini, mia madre, mio padre, i miei fratelli, uno attaccato all'altro. Io li saprei riconoscere dalla temperatura dei loro corpi, saprei dirti di chi erano i piedi ghiacciati, le mani fredde, la pelle d'oca. Mia madre stava al centro del letto, poggiavo l'orecchio tra i suoi seni, lo accostavo così, come si fa con le conchiglie per sentirci il mare dentro. Era una conchiglia chiassosa quell'incavo tra i seni, era un martellare di battiti.

Ecco, a me manca quella conchiglia, ma è giusto che io sia qua."

"Perché?"

"Non siamo noi a stabilire le nostre traiettorie, sono i ricordi che tracciano i confini."

Da quando ha comprato quel mappamondo è cominciato uno strano rito.

Di sera mi fa entrare, chiude ben bene la porta a chiave e

s'infila un vestito rosso, con un fiore d'organza ricamato in mezzo ai seni.

È come se qualcuno potesse vederla da quel mappamondo. Allora lei si toglie il velo e scioglie i capelli: mandano un riflesso blu a cui è impossibile non fare caso.

È come se qualcuno potesse vederla da lì.

E lei non fa altro che sistemare le pieghe del vestito.

"Facciamo il gioco del *Ci sono stato?*" le chiedo indicando il mappamondo.

"Non lo conosco."

"Funziona così: uno dice il nome di un posto e l'altro deve costruirci sopra una storia."

Sofia gira il mappamondo e cerca un nome.

"Acquedolci" dice.

"Ci sono stata. Il mare sa di zucchero e mandorle tostate."

"Barbados."

"Posto stranissimo: i bambini nascono con barba e baffi."

"Albania."

"Il sole sorge sempre e non tramonta mai."

"Chiasso."

"Impossibile dormire: cantano fino alle tre di notte."

"Paesi Bassi."

"Bisogna stare attenti alla testa, i soffitti sono alti un metro e venti."

Quante ore stiamo ferme in quella stanza, a fare il giro del mondo, ad abitarlo tutto, in lungo e in largo.

"E tu, Sofia? Da dove vieni?" glielo chiedo, mi ostino a scardinare questa donna blindata.

Mi prende il dito e punta una fetta di terra lontana, al di là dell'oceano: "Io vengo da qui".

Mi faccio più vicina, leggo: Perú.

"Dev'essere una terra piena di però il Perú" e sorrido. "E com'è? Bello?"

"No."

Un no secco, che non accoglie obiezioni.

Siamo state nel suo silenzio.
Poi si è messa a guardare giù, per terra.
Aveva perso di nuovo le parole, dovevano esserle cadute lì, da qualche parte, sul pavimento.

Gabriele dice che mi vuole bene, sul serio.
E io gli credo.
A volte vorrebbe fare l'amore con me, passare la notte in due, perché in due il buio fa meno paura.
E io gli dico che non si può.
Siamo una generazione che fa troppe distinzioni: gli uomini hanno il permesso, le donne no.
"Il permesso ce l'hanno maschi e femmine. Solo che i maschi ce l'hanno di diritto, le femmine lo rubano" mi spiega lui.
Le femmine sono ladre. Piccoli furti di emozioni e permessi che, se stai attento, nessuno se ne accorge.

Mi manca Luca.
Mi manca come il sale nella pasta.
Mi manca come il ghiaccio nel vino caldo.
Mi manca come lo zucchero nel caffè.
Ma non glielo dirò e non lo darò a vedere.
Ogni giorno mi mancherà di meno.
Marzia non capisce, continua a chiedermi "perché lo stai facendo?".
Tu lo sai, diario.
Lo faccio perché se scelgo storie senza senso, già frantumate in partenza, non c'è il rischio di vederle crollare, stanno già a terra.
Oggi papà si è seduto accanto a mamma, le ha messo una mano sul ginocchio, lei si è alzata di scatto.
E io mi chiedo: quante mani si devono posare sulle ginocchia di una donna, quante, prima che non si alzi di scatto e resti, quanti nomi vanno urlati prima di ricordarne uno.
Stasera esco.
Dico a mia madre che dormo da Marzia.
Tanto lei si fida.
Tanto lei ci casca, è una che abbocca facilmente mia madre: si fa fregare dagli affetti, lei.

A casa mia non c'è privato.

Se hai qualcosa devi metterla sul tavolo, far decidere agli altri se va bene oppure no.

Gabriele non aspetta più al portone, sale, stringe la mano a mio padre, si siede sul divano di pelle marrone e risponde alle sue domande: che lavoro fanno i genitori, dove sta la loro casa, che intenzioni ha per il futuro.

Il classico bravo ragazzo, non dovrà rimboccarsi le maniche, ha la strada spianata.

Odora di sandalo, ha la barba fatta, i capelli di grano, talmente belli che nessuno avrebbe il coraggio di mieterli.

Pare George Peppard in *Colazione da Tiffany*.

Gabriele parla di storia, è la materia che più l'appassiona, vuole fare l'archeologo, "ci sono un sacco di cose bellissime sottoterra e noi le calpestiamo senza saperlo".

Per mio padre, sottoterra, ci stanno solo i morti.

Flavia va un attimo in camera, prende un libro di storia dell'arte, lo dà a Gabriele, "se ti può servire, tienilo".

Lui non vorrebbe approfittarne, poi apre la copertina, la richiude subito e dice: "Sì, m'interessa".

Gabriele stringe le mani a tutti, ringrazia Flavia, le sorride, mi bacia sulla guancia e se ne va.

Mia madre mi chiede di aiutarla per la cena.

Io la seguo, prendo le forchette dal cassetto, i tovaglioli

dalla credenza e i bicchieri, scelgo quelli meno opachi, so che saranno apparecchiati mille giudizi e ci tengo che la tavola sia più curata del solito.

"Gabriele non fa per te" spara Flavia mentre chiede di passarle il sale.
Livia fa subito sì con la testa.
"Non funzionerà mai tra voi" aggiunge mia madre.
"Guarda, vedi, apri gli occhi" ripetete.
Voi ragionate con gli occhi, ma pensate al gas, se c'è odore di gas, quello che si vede può bruciare da un momento all'altro; pensate a questa casa, a quel lampadario di vetro, a questi piatti di ceramica, basterebbe un soffio per romperli, è la nostra facciata e nient'altro.
Io non ragiono con gli occhi, io credo al naso e al tatto.
Di voi, tra molti anni, mi resterà l'essenza dell'olio di mandorle di Flavia, lo zucchero a velo che impolvera i dolci della domenica, l'odore di gas di questa casa.
Di Gabriele, tra molti anni, mi resterà l'impronta su quel divano di pelle marrone, anche se lui non si vedrà più, sarà tornato a casa sua da un pezzo. E io toccherò la sua orma sul divano e la sentirò vera, ancora.
Voi non lo potete sapere, ma io sarò come quel divano di pelle: custodirò le impronte di chi è passato di qua, di chi mi ha fatto sentire utile nello sforzo, di chi si è poggiato sul mio corpo e lo ha reso felice e stanco.
"Non vedi? Lui con te gioca e basta" e ogni discorso lo inizi e lo chiudi tu, Flavia.
Hai questa maledetta idea: per te sono una bambola di stoffa, non posso pretendere un brivido.
Con me si gioca e basta.
Tu gli uomini li metti in fila indiana, basta che dici "acqua" e quelli farebbero diventare il mare dolce per farti bere, basta che dici "vita" e quelli ucciderebbero per dartene altra.

A te non importa chi sono: guardi le loro case, il loro lavoro, la loro macchina.

Hai scelto Franco, lo sposi tra un anno.

A te si porta rispetto.

Con me si gioca e basta, dici.

E lo sai bene, perché tu, per prima, hai giocato.

"Perché non rispondevi? Ti mancava il coraggio?" potresti chiedermi.

Non è questione di coraggio, Mia, rispondere è questione di muscoli e aria.

A me le parole non salivano, non vibravano le corde vocali. C'era un difetto, qualcosa che andava storto quando parlavo con loro. La voce mi si fermava a metà, non si muoveva da quel tunnel, l'uscita era lontana.

Le mie parole morivano nel buio della laringe.

Ma tu parlami, Mia.

Vanno cacciate le parole, altrimenti ti puzzano dentro, come i cadaveri che tieni in casa.

Urlami in faccia, mandami a fanculo. Scrivi, scrivi sul tuo stupido diario, scrivi di questa madre incapace di amare, scrivi, acchiappa il marcio, buttalo fuori a secchiate.

"Sembri una selvaggia" ha detto Flavia.

Così mi accompagna a tagliare i miei capelli arrabbiati.

Lei sa cos'è meglio per me.

Allo specchio scopro di avere i lineamenti fragili, appena disegnati. Ci sono parti del corpo che danno forza alle altre.

I miei capelli nascondevano la mia delicatezza, mi davano l'aria di rivoluzionaria pronta a tutto.

Così sembro un bambino impaurito, un uccello senza piume.

Dopo qualche giorno Livia mi chiama "maschietta", Flavia sfoglia una rivista di vestiti da sposa e ripete "ma dai che stai bene...".

Di sera Sofia continua a indossare quel vestito rosso, "ci ballavo stretta a lui, in riva al mare, sulla spiaggia di Miraflores", non l'ha più lavato, me lo mette sotto il naso. Mi presenta così lui, Carlos, facendomi annusare l'odore che le ha lasciato sul vestito. Ed è più preciso di qualsiasi racconto.

Gabriele ha cominciato l'università, "è colpa dei professori" ripete ogni volta che lo bocciano.

Io non so se continuerò gli studi, le mie sorelle hanno smesso al diploma.

"Tu sei un'illusa," mi ripete Flavia, "e i tuoi libri non t'insegnano la concretezza."

La Di Pietra, invece, ha detto in classe che ho "una bella testa".

"E anche un bel seno" ha aggiunto un mio compagno di classe. Io non sorrido ai complimenti, ci vedo sempre in sottofondo una presa in giro.

Natale è vicino.

Si spediscono auguri, si mettono i regali sotto l'albero, si sistema il vischio sopra la porta e si spera di capitare lì sotto in due, per vincere un bacio.

Piove, una pioggia fitta, bugiarda, che nasconde le cose.

Cammino per via Mario de' Fiori, cerco un regalo per mio padre. Compro un maglione di lana celeste in un negozio all'angolo, mi raccomando di togliere il prezzo.

Dalla vetrina lo vedo.

Esco. Lascio l'ombrello nel negozio, il regalo alla cassa.

È lui, cammina davanti a me, i capelli biondi dell'angelo, le spalle larghe di chi ha le ali. Insieme a lui una ragazza.

Lui la copre con l'ombrello, lei si muove elegante sui tacchi, si stringe al braccio di lui, si baciano.

Li seguo, mi bagno per qualche metro, cerco di spiare altre tenerezze fra loro, di fermarli, di guardare le loro facce, se stanno ridendo, se hanno una felicità che pensavo fosse nostra e basta.

Vanno veloci, a piede svelto, girano per via Frattina.

Li perdo nel traffico di gente che c'è.
Dentro, il tango della gelosia, il tarlo della gelosia.

Flavia sta seduta sul divano, in mezzo a un mucchio di bomboniere e deve sceglierne una.
Torno a casa con i capelli zuppi.
"Sei uscita senza ombrello?" chiede, va in bagno a prendermi un asciugamano e mi strofina i capelli, "per fortuna sono corti", mi guarda e ha uno sguardo che scalda, l'abbraccio.
Sai, Mia, io credevo ai cambiamenti, anche a quelli impossibili, dall'alba al tramonto.
"Avevi ragione tu, lui con me gioca e basta" le confido.
"Lui chi?"
"Gabriele. Stava con una ragazza oggi, in centro."
"E lei chi è? La conosci?"
"Non so, stava di spalle. Aveva i capelli lisci, neri, era abbastanza alta. Come te."
"Sei sicura che era Gabriele?" chiede.
"Certo."
"Forse è solo un equivoco" spera.
"Si baciavano."
"Avrai visto male" insiste.
"Non dire niente a mamma, non una parola con nessuno" la prego.
È così facile per l'orgoglio diventare omertà.

Un colpo di citofono.
"Chi è?"
"Sono io, Gabriele."
Guardo Flavia, aspetto che mi dica cosa fare, è lei che ha la laurea in sentimenti.
"Scendi, così parlate meglio."
"Scendo", vado verso la porta, pronta a uscire.

"Non avrai mica intenzione di andare così?" chiede Flavia.

"E come?"

Mi prende per mano e mi porta in bagno, mi sottolinea gli occhi con la matita nera, mi allunga le ciglia con il mascara, mi massaggia il fard sulle guance, lo sfuma con le dita, mi mette il rossetto che non presta mai.

"Guardati" e mi avvicina lo specchio.

E vedo in quell'immagine riflessa una determinazione che non conosco. Gli strani effetti del trucco...

Infilo i guanti e il cappotto, avvolgo una sciarpa di lana bordeaux intorno al collo e scendo.

"Non essere aggressiva, magari è davvero un equivoco. Sai quante volte ho litigato io con Franco, poi però si fa pace, è così bello fare pace."

Un gradino diero l'altro, le gambe che vanno incontro alla verità e non sanno ancora se la vogliono.

Forse ha ragione lei, è solo un equivoco, non si stavano baciando davvero, è la pioggia, è la pioggia che mi ha fatto vedere male.

Lui sta davanti al portone, i capelli pettinati all'indietro, la parte destra della giacca fradicia, per riparare quella lì, quella lì che gli camminava sottobraccio, alla sua sinistra, quella lì che l'ha baciato.

Mi vede truccata e resta sorpreso: "Sei bella".

"E tu sei sleale."

"Perché?"

L'angelo Gabriele non capisce o fa finta.

"Ti ho visto in centro con quella ragazza."

"Chi?"

"Non lo so, vi ho visti di spalle. Dimmelo tu chi è."

Lui alza la testa, guarda su, per metà sospira per metà sbuffa.

"Non è nessuno" dice schivando i miei occhi.

"Be', ce l'avrà un nome."

"Che t'importa?"
È una curiosità senza senso, Gabriele.
Se alle cose dai un nome, ti sembra di conoscerle meglio, fanno meno paura.
"Che t'importa di sapere chi è?" mi chiedi tu.
Sì, la mia è una curiosità, una curiosità senza senso.
Ma a te che importa di non dirmi chi è?
Gabriele cammina in circolo, tira un calcio a una lattina che sta sul marciapiede. Scuote la testa, dice "basta" e fa per andarsene.
Allora lo fermo per il braccio, parlo a voce bassa, gli dico "ti prego, dimmelo", "ti prego, resta" e non so cosa voglio di più, che me lo dica o che resti.
Lui è brusco, "tieni" e mi allunga un pacchetto.
"Volevo comprarti un regalo di Natale e ho chiesto a un'amica di accompagnarmi. Solo le donne sanno cosa piace alle donne."
Lo prendo, dico "grazie", frastornata, come un avversario dopo un dribbling di Garrincha.
"E il bacio?"
"Quale bacio?"
"Vi baciavate."
"Mah, chissà che hai visto. E chissà che guerra ti eri preparata a fare", sorride e io con lui. "Hai tagliato i capelli, ma resti un'Amazzone."
Un abbraccio stretto, di quelli che non lasciano passare nessuno in mezzo.

Flavia mi ha chiesto di farle da testimone, ho accettato senza pensarci due volte.
Ci siamo scoperte simili, ci siamo riconosciute una nel sangue dell'altra, la credevo dura e invece con me è stata tenera, la credevo perfida e invece il nostro segreto l'ha mantenuto.
È stata lei a scegliere il vestito che indosserò alla cerimo-

nia, un abito discreto il cui unico capriccio è il colore: giallo limone.

Lo porto da Sofia quel vestito, per farle vedere se c'è qualche centimetro da riprendere sul punto vita.

"Questo colore ti sbatte" sono le sue parole secche.

"Ma che dici, Sofia, mi sta benissimo, l'ha scelto Flavia."

"Tua sorella vede quello che sta bene a lei, non quello che sta bene a te."

"Non parlare così di mia sorella. Tu non la conosci."

È gelosa, Sofia, perché lei e io siamo amiche sì, ma quando c'è il sangue di mezzo è un'altra storia.

29 marzo.
Domani pomeriggio è il giorno del gran sì.

"Preoccupata?" chiedo e sorrido a quella sorella che è diventata grande, andrà a vivere in un'altra casa, farà una figlia, le insegnerà come ci si trucca, come ci si massaggia con l'olio di mandorle dolci, come vanno accavallate le gambe, come bisogna volere bene a se stessi.

Io a mia figlia potrei insegnare il latino e il greco, potrei insegnarle un espediente per ricordare l'ordine delle Alpi:

MA-CON-GRAN-PENA-LE-RE-CA-GIÙ.

Ecco, questo potrei insegnare io a mia figlia, ma come volere bene a se stessi, quello no.

"Non sono preoccupata, sto facendo quello che voglio" risponde Flavia, tranquilla.

Io non sono come lei, io sono più innamorata che saggia.

"Secondo te, è peccato l'amore fisico prima del matrimonio?" le chiedo.

"Certo" risponde, con una convinzione che mi fa vergognare solo per aver chiesto.

"No, sai, è una stupidaggine che mi è passata per la testa..."

"Non ti deve neanche passare per la testa."

Lei si sposa con l'abito più bianco dei confetti. Pura.

Prendo il 91 e arrivo a scuola.
La professoressa d'inglese m'interroga in letteratura.
Shakespeare.
"Leggi e traduci."
Punto il dito sulle pagine, per non perdere il segno, per non inseguire altre farfalle, altri pensieri che mi svolazzano in testa.

"Che tu abbia lei non è tutto il mio tormento, [...]
ma che lei abbia te è quanto più m'accora,
una sconfitta in amore che mi brucia dentro.
[...] Entrambi vi trovate e io vi perdo tutti e due
e, voi, per amor mio, m'infliggete questa croce."

Ci sono poesie che andrebbero messe in tasca, per tirarle fuori quando servono. Ci sono poesie che andrebbero caricate come pistole, per premere il grilletto e ammazzare il dolore che, se rimane inspiegato, cresce.

"La pronuncia deve migliorare. Gli accenti vanno appoggiati dove stanno e non dove capita."

Sbaglio perché metto gli accenti dove non vanno, metto i bicchieri di vetro nella credenza dei cristalli.

"La pronuncia è importante per farsi capire, in inglese come in italiano. Quando tu leggi in inglese, è come se confondessi in italiano *pèsca* e *pésca*, due concetti molto diversi."

Io questa grande differenza non la trovo: in fin dei conti, tutte e due servono a riempirsi lo stomaco.

"È come dire *meta* e *metà*" spiega la professoressa.

Per me sono la stessa cosa: andare a trovare la mia metà adesso, appena finisce la lezione, è la mia meta.

La tua casa non è distante dalla mia.
Chissà che faccia fai, Gabriele, quando mi vedi.
L'altro giorno mi hai rinfacciato "Tu non hai voglia di me, tu non cerchi mai l'occasione di stare insieme".

Ecco, io oggi l'occasione ce l'ho.

A scuola ci fanno uscire in anticipo, alcuni ne approfittano per ripassare prima della maturità.

Io, nel mio tempo del ripasso, ripasso te.

Non importa se non ricorderò il giorno, il luogo e il modo preciso in cui è morto Sallustio, dirò che è morto e basta, ieri, oggi, è morto così, all'improvviso, non se l'aspettava nessuno, però oggi sto con te.

Abbiamo il tempo che serve: mia madre è con Livia a fare la spesa. Ci metterà molto, le piace scegliere la frutta, mercanteggiare con i negozianti che la invitano a provare questo e quell'altro e non riescono mai a convincerla. Sai, mia madre non tenta le novità, è fedele alla qualità delle mele come alle scarpe come al marito. Mio padre è al lavoro, Flavia è presa dai preparativi finali prima delle nozze.

Nessuno di loro mi verrà a cercare, io per loro sono a lezione.

Tornerò a casa per pranzo, come se fossi uscita da scuola alla solita ora.

Abbiamo il tempo che serve.

Non faremo l'amore.

Non è ancora il momento.

Non lo so.

Chissà.

Se ti va.

La via è questa, il cancello anche.

Il portiere fa capolino dalla guardiola.

Gli chiedo se mi fa entrare, vorrei fare una sorpresa.

"Chi cerca?"

Gli dico che sono la fidanzata di Gabriele.

"Scala B. Quarto piano" e mi indica dove andare.

Mi guarda con sospetto, forse anche lui, come Sofia, sa leggere le intenzioni.

Salgo le scale. Il quarto piano.

Controllo l'etichetta sul campanello. Il cognome giusto.

Suono.

Non dovrebbero esserci i genitori, la mattina lavorano.

La porta si apre senza chiedere "chi è?".

Gabriele ha la vestaglia addosso, i capelli di grano scompigliati. Mi fa indietreggiare di qualche passo, mi spinge sul pianerottolo.

"Che ci fai qui?"

Mi stringo nelle spalle, gli dico "sai, ci hanno fatto uscire prima da scuola...".

Lui mi bacia in fretta sulla bocca e con altrettanta fretta dice "sì, ma io adesso non posso, mi potevi chiamare prima, mi potevi avvisare però, dai, ci vediamo in questi giorni", un altro bacio svelto sulla bocca.

Io lo guardo e non capisco e ripeto "sai, ci hanno fatto uscire prima da scuola e ho pensato di passare qui... ho pensato di farti una sorpresa...".

Una voce di donna lo chiama da dentro: "Gabriele, chi è?".

"Nessuno" risponde lui.

"Gabriele, ma chi è?" insiste quella voce e mi gela il sangue.

Lui fa per chiudere la porta, io la tengo aperta con il piede.

Faccio qualche passo nel corridoio, cammino su quel marmo freddo e lucido, non trattiene le impronte di chi passa.

Cammino verso quella voce di donna.

Cammino tra le stanze, sbagliando, cercando, e mi auguro di sbagliare e cercare senza trovare.

Il salone, lo studio, la camera da letto dei genitori, il bagno, la camera di Gabriele.

Una ragazza girata di spalle sta seduta sul bordo del letto, allunga la gamba destra e s'infila la calza.

È la stessa che tenevi sottobraccio quel giorno, in centro.

Non ci sono equivoci adesso, non è la pioggia a mentire, sei tu, siete voi.

Il piede lungo.

I capelli lisci e scuri.

Le gambe a forma di fuso.

Mi guardo i piedi e ho di nuovo quella sensazione che avevo da bambina, quando portavo i sandali marroni con gli occhielli, quell'impossibilità di correre via.

"È capitato una volta e basta, te lo giuro" ripete lui, io non voglio sentire, io mi tappo le orecchie con le mani, lui ripete "una volta e basta", come se non fosse niente, se è capitato una volta non è niente.

Io potrei morire e potrei uccidervi una volta e basta, se capita una volta non è niente, no?

Flavia continua a vestirsi senza dire una parola, raccoglie i suoi vestiti da terra, li indossa in un attimo, scivolano sul suo corpo, sistema i capelli davanti allo specchio, è a posto.

"Una volta e basta" ripete lui.

"Non dargli retta. È solo un verme" fa lei.

Io sto ferma.

Sono quella bambina con i sandali marroni.

Sono quella bambina che di domenica si toglie le scarpe, per sentirsi libera.

Flavia si muove per la stanza, raccoglie gli oggetti che ha lasciato in giro, la spazzola, il profumo, l'anello.

È lei a chiedere chiarimenti a Gabriele al posto mio: "Dille la verità, dille che sei stato tu a cercarmi".

"Ma che dici? Hai dimenticato cosa mi avevi scritto dentro quel libro?"

Quel libro di storia dell'arte, quel libro che lei, gentile, gli aveva prestato.

"Non c'era scritto nulla, Gabriele. Sei stato tu a iniziare" risponde lei, non una traccia d'imbarazzo sul viso.

"Ah sì? E cosa significava: *Giocare con una ragazzina è facile, ma te la senti di giocare con una donna?*"

"Chissà che hai letto" gli risponde lei, sollevando le spalle. E se ne va, come se questa storia non la riguardasse.

Tu cerchi di trattenerla, le dici "è colpa tua, sei stata tu a iniziare", io no, me ne frego di chi ha cominciato e di chi ha finito, lei se ne va, chiude la porta con delicatezza dopo avermi frantumato.

Chissà che hai letto.

Chissà che hai visto.

Chissà come sei entrato dentro di lei, se hai sentito resistenza, se la carne ti ha messo in guardia.

Chissà se ti è piaciuto.

Chissà se pensavi a lei mentre baciavi me o se pensavi a me mentre baciavi lei.

Chissà quante volte, quando salivi a casa, ti sei sforzato di non guardarla, per fare in modo che non sospettassi.

Ti ho visto arrossire di fronte a lei, solo tu sapevi il perché.

Ti ho visto fare la scale di corsa, avevi fretta di vedere me o di vedere lei?

Qualche volta mi hai visto truccata da lei, come lei, "sei bella" mi dicevi e mi baciavi più forte.

Chissà se, quando sei venuto, hai serrato le labbra, per trattenere il mio nome o se hai urlato il suo.

I nostri nomi latini.

I nostri nomi del cazzo.

"L'ho fatto con lei. Con te non posso, tu non vuoi."

Vedi, Gabriele, a me hanno insegnato che le donne sono troie o spose, me l'hanno insegnato le matrioške, mi hanno educato a non cercare il mio piacere, ma il loro lo cercavano, nascoste, lo cercavano.

Anche io lo so fare l'amore.

"Facciamolo qui, ora."

Mi guardi e non capisci: è la tua giornata fortunata.

"Ripeti con me quello che hai fatto con lei."

Ogni gesto, ogni sguardo.

Fai come se fossi lei, non cambiare una virgola.

E dimmi che con me è più bello, anche se non è vero, mi hai mentito mille volte, mentimi anche stavolta, dimmi che con me è più bello.

Non ti so dire se mi è piaciuto, Mia, io non c'ero mentre lui faceva l'amore su di me, avevo spento il cuore.

So che mi ha fatto male, che il piacere, il mio, non è arrivato, il suo sì, è stato puntuale, qualcosa di unicamente suo, da cui ero estromessa.

So che ho perso sangue e lui ha detto "non preoccuparti, succede così" e mi sono chiesta se anche a lei era successo così, se era stato lui o Franco o chissà chi.

So che quando mi sono sdraiata su quel letto sfatto, mi sono vergognata per loro, al posto loro.

So che, alla fine, mi ha detto "ti amo", e ho pensato che era un gioco di sillabe e niente più.

A casa arrivo in ritardo, gli altri hanno finito di pranzare.

Mia madre sta lavando i piatti in cucina, acqua che scroscia, un suono di sporco incrostato che non vuole andarsene.

Mio padre mi guarda storto per via delle mie guance calde.

"Dove sei stata, ragazzina?" chiede, polemico, la mano pronta allo schiaffo.

"Scusa, papà, le ho chiesto io di passare al ristorante a controllare se è tutto a posto per domani" mente Flavia.

E non è nessuna grazia, è un pugno dritto allo stomaco.

Flavia va in camera a riposare.

La raggiungo, siedo sul suo letto, parliamo naso a naso, gli occhi a un centimetro, per non farci sentire.

"Come hai potuto farlo" le dico, più sconfitta che violenta.

"L'ho fatto per te."

Avresti dovuto sentirla, Mia: l'ha fatto per me.

Per farmi capire finalmente di che pasta era lui.

Per dimostrarmi che anche Lucifero era un angelo, il più bello tra gli angeli, è lui che ha tradito.

"Va a finire che ti devo anche ringraziare."

"L'ho fatto per te" ripete.

E torna a galla quella poesia, "*e voi, per amor mio, m'infliggete questa croce*".

Ha ragione la mia professoressa d'inglese: ho messo gli accenti dove non andavano, ho messo i bicchieri di vetro nella credenza dei cristalli.

"L'ho fatto per te" dice Flavia.
Ho otto anni, lei mi tiene la mano per attraversare la strada. È domenica.
Mio padre ci dà i soldi per comprare i dolci nella pasticceria all'angolo. Flavia, Livia e io scendiamo le scale contente al pensiero di crema.
Attraversiamo di corsa. Flavia gira la testa a destra e a sinistra, controlla le macchine che vengono da entrambi i lati. Io non guardo la strada, mi fido dei suoi occhi, controllo solo la sua mano, che mi tenga ben stretta.
"Tre paste alla crema" ordina Flavia mentre poggia i soldi sul bancone di vetro.
Il pasticcere li conta, ha i baffi, gli si alzano di lato quando dice "questi bastano solo per due".
Flavia guarda Livia, Livia alza le spalle.
Il pasticcere, con dei tovaglioli di velina, afferra due paste dal vassoio e le infila in una busta di carta.
Sono due paste e noi siamo tre.
Penso: saliremo a casa e prenderemo un coltello, le taglieremo in parti uguali.
Ma Flavia e Livia non pensano quello che penso io: aprono a turno il sacchetto, tirano fuori le paste, c'è lo zucchero a velo sopra, resta sul loro naso quando affondano nella crema.
"E a me?" dico tra la rabbia e il pianto, con l'irruenza dei bambini.
"A te niente" dice Livia.
"Per il tuo bene" spiega Flavia.
"Perché?"
"Tu sei piccola, ti saresti sporcata."

Penso: glielo dirò a mamma, vi punirà, mamma è giusta, crede alla catena del bene, vi punirà.

Torniamo a casa, suoniamo alla porta. Appena entriamo glielo dirò, vi punirà, vedrete, lei dice che dobbiamo proteggerci l'un l'altra, vi punirà.

"Mamma, lo sai che..." prendo la rincorsa con la voce.

Lei ci guarda tutte e tre. Flavia e Livia hanno lo zucchero a velo sul naso, io no.

"Brava, non ti sei sporcata" dice mia madre.

E io mi scordo quello che dovevo dire e mi sento di nuovo contenta, mi ha detto "brava".

"Se qualcuno qui presente ha qualcosa da dire, lo faccia ora o taccia per sempre."

Tacerò per sempre.

Guarderò all'altare il suo abito più bianco del latte.

Lancerò i chicchi di riso, immaginando che siano sassi.

Bacerò la sposa, Giuda è niente a confronto.

Gabriele verrà all'uscita della chiesa, mi chiederà di parlare in disparte, gli risponderò "che altro vuoi? Non ti è bastato?" e me ne andrò col passo sicuro di chi vuole andare via, via a tutti i costi.

Mia madre chiederà "perché Gabriele è qui?".

Le racconterò che ci siamo lasciati, non lo voglio vedere più, mi ha tradito con una ragazza.

"La conoscevi?"

"No."

Non la conoscevo davvero, non l'avevo mai vista prima di quel momento, quel momento in cui si sistemava i capelli mentre a me si spaccava il cuore, quel suo chiudere la porta piano, quel lavarsi le mani dopo averle infilate nelle mie viscere. No, non la conoscevo davvero mia sorella.

"Non ti sei fatta rispettare" dirà mia madre.

E io starò in silenzio e aspetterò qualcuno che mi porti

lontano, che mi faccia sedere a un'altra tavola. Farò in fretta, mi basta un matrimonio. Sposarsi è la fuga più facile.

Sofia indossa il suo vestito rosso con il fiore di organza in mezzo ai seni, i capelli raccolti sulla nuca.
"Entra. Ti aspettavo."
Il mappamondo che non facciamo girare da tempo, sono stata assente in questo periodo, scusami.
Giochiamo, Sofia.
"Lettonia" ti chiedo io, è facile.
"Ci sono stata. Persone svogliate, passano la giornata a dormire."
"Anaconda" mi chiedi tu.
"È piena di animali pericolosi: tigri, rinoceronti, serpenti e ragni piccolissimi che se ti pungono muori."
Se dovessi scegliere tra affrontare una tigre o un ragno velenoso, preferirei la tigre: è più facile combattere quello che vedi, io mi faccio sconfiggere da quello che è invisibile.
"Com'è andata la cerimonia?"
"Bene. Estonia."
"E tua sorella com'era, impeccabile?"
"Al solito. Portogallo."
"E il marito, com'è che si chiama, Franco?"
"Sì. Russia. Argentina."
Giochiamo ancora, Sofia, senza chiederci nulla, lasciamole nei pozzi le voci dell'abisso, non le facciamo salire.
"E il vestito come ti stava?"
"Quel colore mi sbatteva."
"Sono sicura che eri bellissima lo stesso."
E come un cacciavite che allenta la tensione dei cardini, domanda dopo domanda, mi sono sciolta in pianto.
Ti racconto quel marmo, quel lenzuolo caldo, quella voce di donna che avevo già sentito da qualche parte, a casa mia, quella sensazione di avere qualcuno dentro quando lo hai già cacciato dal cuore, quel fare l'amore per odio.

Una volta ti ho detto che "Sofia" veniva dal greco e voleva dire "saggezza".

Tu hai sorriso, ma quale "saggezza", tu ti chiamavi così perché eri nata in un giorno di correnti, eri nata con un "soffio" di vento, Sofia.

Ecco, io ti racconto tutto oggi.

E tu, che sei amica del vento, digli di soffiarmi sulle ferite.

Mi guardi con gli occhi pieni di qualcosa che sai solo tu.

"Non guardarmi così" ti dico mentre piango.

Mi allunghi una carezza a metà, non sei una donna di slanci, non sai toccare gli altri, sai solo startene così, con le mani fra le ginocchia strette, le labbra serrate.

Gli accessi del tuo corpo sono chiusi.

Hai paura di chi può entrare o di chi può uscire?

"L'importante è avere l'incoscienza di amare di nuovo" mi assicuri.

E io faccio fatica a crederti.

Ci siamo dati la punta: stasera, alle otto, davanti a scuola.
I nostri compagni di classe sono già lì, si sono fatti la doccia dopo la partita di calcetto, si sono spruzzati il profumo due volte sul collo e tre sulle mutande.
Sono tutti lì davanti, si rigirano le chiavi della macchina tra le mani e si sentono grandi.
"Chi manca?" avrà chiesto ingenuamente qualcuno.
"Le solite note" gli avranno risposto in coro.
Ancora una ventina di minuti e Marzia e io arriviamo sulla Vespa scassata, con i nostri caschi allacciati male, con i nostri vestiti sempre leggeri rispetto alla stagione in corso.
Anche Luca è lì, pensava non ci fossi, Marzia gli dice "dai, vieni pure tu", lui scuote la testa, decide di tornare a casa.
Ci salutiamo in fretta, un valzer di baci sulle guance, poi risaliamo in sella e ce ne andiamo tutti insieme, uno sciame di macchine e motorini che scherzano a rincorrersi e a chiamarsi col clacson.
Dai finestrini delle auto scappa una canzone.
Stay. *Resta.*
L'abbiamo ballata in discoteca, l'abbiamo cantata senza capire le parole, l'abbiamo usata come pretesto per conoscere una persona interessante che ordinava una vodka liscia al bancone.
"Baby, baby, resta con me, ti darò il meglio di me."
Luca non avrà il meglio di me.

"Con il tuo amore sono completo, non c'è nient'altro che mi possa soddisfare."

Io non sarò completa.

"Resta con me, io non voglio essere libero."

Io sarò libera.

"Resta."

No, Luca non resta.

Parcheggiamo ed entriamo in un Irish pub, legno dappertutto, legno nei tavoli, legno nelle panche, legno nelle sedie, legno nel bancone, legno nelle cornici degli specchi.

Il legno sembra fermo, ma è sottoposto a pressioni interne che lentamente lo spaccano.

La ceramica si rompe, fa subito mostra dei suoi cocci rotti.

Il legno no, finché può nasconde, si lascia torturare ma non confessa.

Io sono di legno.

La cameriera prende in fretta le ordinazioni: birre, crêpes dolci, crêpes salate, paste condite con sughi pesanti che arriveranno già scotte. Le ragazze che stanno a dieta hanno mangiato a casa un'insalata di finocchi e carote, ordinano un tè verde e guardano con desiderio i piatti ricchi degli altri.

Parliamo dei professori, della maturità, delle storie d'amore su cui avevamo puntato tutto e che sono andate a puttane, delle storie su cui nessuno avrebbe scommesso e, invece, miracolosamente, restano in piedi.

Me ne sto in disparte, fumo la mia sigaretta, la guardo finché si consuma.

"E tu, Mia, sei single ora? Stai a caccia?" *mi chiede un ragazzo, il naso piccolo e a scivolo, Luca non lo ha così, il suo ha una piccola gobba in cima, mi divertiva prendere in giro quella gobbetta e poi, un attimo dopo, baciarla.*

Non ci si innamora delle regolarità di un corpo, noi ci siamo innamorati dei difetti: la sua cicatrice per una caduta dal motorino, le mie scapole sporgenti, le sue orecchie a sventola, la mia voglia di caffellatte nell'interno coscia.

"Io non vado a caccia, a me piace essere cacciata" rispondo e già so che la preda non ha scelta.

"Ti va un film una sera di queste?" mi chiede subito quel ragazzo, il naso piccolo e a scivolo, con poca cartilagine ai lati, di sicuro rifatto.

"Perché no."

Parliamo dell'università, di quanto è complicato scegliere, ci chiediamo a turno *"e tu che prendi?"*.

Marzia farà Economia, il padre è imprenditore, possiede una catena di alberghi, *"è stupido andare per campi quando hai la strada asfaltata davanti"* sostiene lei.

Luca, se fosse qui, direbbe a Marzia *"no, non si può scegliere quello che hanno scelto i tuoi, la vita è la tua"*.

"E tu che prendi?" ci si chiede a turno.

Luca farà Fisica, sa che ho paura del mondo e allora vuole smontarlo come un tostapane, capire come funziona e darmi un libretto d'istruzioni. Vuole dimostrare che l'entropia non è valida per gli umani, forse l'universo tenderà al disordine, forse le molecole sono destinate ad allontanarsi, ma gli esseri umani no o almeno, lui e io, no.

"E tu che prendi?" mi chiedono.

"Una birra chiara" rispondo sorridendo e facendo sorridere.

Io sono indecisa.

Mia madre passa le sue giornate in ospedale, finché può si trattiene lì, fa un ultimo giro di visite, sostituisce i colleghi assenti, a volte resta a dormire: si sente onnipotente o utile o non lo so.

Anche mio padre è medico, lui era il primario dell'ospedale dove lavora mamma, ora è in pensione.

"Prendi Medicina, così ti posso aiutare" mi consiglia lui.

Mia madre è contraria, non vuole assolutamente.

"Io ho studiato Medicina perché tu studiassi Lettere o musica o danza."

E mi sembra di vederla soffrire mentre dice questa cosa.

E non capisco perché.

Anche lei è di legno.

Gli ospedali hanno le pareti bianche e sanno di ammoniaca.

C'è chi lava il pavimento due volte al giorno, chi apre le finestre per il ricambio d'aria a intervalli di un'ora, massimo due, chi tira su i letti, chi manda in lavanderia lenzuola e pigiami sporchi.

Eppure niente qui sa di pulito.

Ti devi lavare le mani mille volte prima di preparare la cena. Ti devi fare la doccia ogni sera, puntuale, sciacquarti dai corpi che hai ascoltato, auscultato, toccato, palpato, misurato, far scivolare tutti quei verbi dalla tua pelle uno per uno.

La mia vita di dopo è stata uno sforzo simile.

Ho lavato, ho fatto circolare aria, ho rifatto i letti, ma niente, quell'odore non si toglie.

Non prendere Medicina, Mia.

Devi cavartela da sola, devi imparare a fare i conti con la tua storia, con i tuoi organi, non con quelli degli altri.

Ti sei mai chiesta perché si chiama "medicina"?

"Medicina" vuol dire "scienza che studia e cura le condizioni di malattia dell'organismo", ma "medicina" vuol dire anche, essa stessa, "cura, rimedio".

È vero, si prende Medicina per curare ma anche per curarsi: ti fai un giro nella storia di ognuno e finisci col dimenticare la tua.

Mi credi un medico modello pronto a scambiare turni e rimpiazzare qualcuno di guardia.

Mi credi scrupolosa, attenta, piena di volontà.

E invece sono solo una che si tuffa in un dolore diverso, così il proprio brucia di meno.

Giro nelle storie degli altri, le palpo con la mano a conca, le ascolto con lo stetoscopio.

Le storie bussano dentro la gabbia toracica.

E mentre il cuore degli altri mi batte addosso, mi dimentico del mio, che è scarico di pile.

Mi sono iscritta all'università.

L'iscrizione costa parecchio e i libri anche.

Mia madre mi propone di andare ad aiutare Flavia, "le dai una mano a mettere a posto, lo stiro, la cucina, vedrai che Flavia è contenta e ti dà qualcosa".

Sofia non crede alla carità ostinata, al porgi l'altra guancia, di guance ce ne stanno due, a due si esauriscono le occasioni di un uomo. "Se devi aiutare qualcuno, aiuta chi sa dire grazie" ha detto nel suo italiano zoppo e io sono d'accordo con lei.

Per questo faccio ripetizioni ad alcuni bambini, è stata la Di Pietra a dare il mio nominativo alle famiglie.

Mi piacciono i bambini, sorridono per niente e si meravigliano di tutto, mi sfiorano spesso il braccio, cercano un contatto di mani con mani, non conoscono la malizia, per loro è solo una parola tranello, dove la "z" va in solitaria.

Mi piace abitare le loro stanze profumate di latte caldo e miele, odori lontani da casa mia.

Farei cambio, ma non è così semplice.

Vedi, Mia, noi fantastichiamo oltre le porte degli altri, ci convinciamo che la nostra vita con un'altra cornice sarebbe andata diversamente, cerchiamo altri padri, altre madri, le protezioni che non abbiamo avuto. Ce la prendiamo col destino, che ci ha fatto nascere qua e non là, perché con qualcuno ce la dobbiamo prendere. Perché non c'è niente di peggio del pensiero che, partendo da presupposti diversi, le cose sarebbero andate ugualmente.

Con i primi soldi ho fatto un regalo a Sofia, un orologio.
Lei l'ha messo sul comodino, accanto al letto e ogni sera, prima di addormentarsi, lo fissa.
È ipnotizzata dal passo a due delle lancette, da quel volteggiare e fare capriole tra un minuto e l'altro, gli occhi stregati, parla di "puntualità del destino", parla di "cronometro affettivo", "la donna segna i minuti, l'uomo segna i secondi", parla di cose senza senso, Sofia.
È convinta che anche l'amore sia un movimento di lancette che battono tempi diversi: le storie di due persone si sovrappongono per poco, poi ognuno si riprende la sua storia e la sua strada.

Quando ero la Regina dei Grilli, la quercia era una contorsionista, l'uccello un funambolo e il pino un trampoliere.
Avevo bisogno di ingentilire il volto delle cose, di ricamare sulla realtà che vedevo dal mio ramo.
Ora di anni ne ho acquistati molti, ho buttato i sandali marroni, le gambe sono un po' meno sciabole e un po' più spade. Ne sono cambiate di cose, ma i giochi sono rimasti gli stessi.
Guardo le immagini dei libri di Medicina: l'osso sacro è un guscio di tartaruga terrestre, il coccige è la coda che sporge; lo scafoide è una farfalla, ha le piccole e le grandi ali; l'arco dell'aorta è il manico di un ombrello; la spina dorsale è un pitone, se ci mettiamo dritti si gonfia e si alza come un serpente nella cesta quando un pifferaio magico suona; nella gabbia toracica le coste, passando da un livello superiore a uno inferiore, si allargano verso l'esterno, morbide, come i

cerchi dell'acqua quando butti un sasso in mezzo a un lago; lo stomaco è un dondolo dove abbandonarsi al sonno.

E tu, Mia, chiamala pazzia o testardaggine o come vuoi, ma è stata la mia sopravvivenza.

Sono anni che sono andati di fretta quelli, tra il lavoro e lo studio e la famiglia.

A volte, le mie ex compagne di liceo mi telefonano, "che fine hai fatto? l'hai più sentito Gabriele?", l'hanno incontrato qualche giorno fa, da solo, ha detto che se organizziamo una cena lui ci sta, "avrebbe voglia di rivederti".

Ci vedremo una sera, in pizzeria, con gli altri.

Gabriele si metterà seduto a un capo del tavolo e io al capo opposto. Non ci rivolgeremo parole, neanche sguardi.

Faremo finta di niente, come se si potesse fare finta di niente.

A fine serata mi dirà "ti riaccompagno a casa".

Saliremo in macchina e per tutto il tragitto non farò domande, non gli chiederò se ha più cercato Flavia o se lei ha cercato lui.

"Perché non ci riproviamo?" mi proporrà al portone.

Perché era un vaso talmente rotto che nessuna colla poteva rimetterlo a posto. Lui non aveva saputo resistere al danno e io non sapevo perdonare.

Avevano sbagliato in due, Flavia e Gabriele, è vero.

Ma a me avevano insegnato ad accettare solo gli errori della mia famiglia, quelli degli altri no.

Mi avevano insegnato che il bene è bene domestico, l'odio è forestiero.

Odiavo lui, lo odiavo il doppio, pur di non odiare lei.

Aspettavo che passasse tempo, era l'unico rimedio possibile.

Tu fai chiodo scaccia chiodo, Mia, ma il cuore ha più memoria di te.

Le cadute di cuore non sono cadute di superficie, sono di un'altra razza.

Le ferite sulla pelle si rimarginano in fretta, l'epidermide si rinnova di continuo, contiene molte cellule staminali, sono cellule pronte a rimpiazzare quelle morte, sono le seconde schiere di un battaglione.

Il guaio è che nel cuore di queste cellule miracolose non ce ne stanno. Hai una sola fila di soldati. E amen.

I dvd.
Vai al menù principale e ti chiedono se vuoi seguire il film in francese, spagnolo o italiano.
Puoi selezionare le scene, se vuoi quella che ti dà fastidio la salti a piedi pari.
Mi chiedo: e se la vita fosse un dvd?
Se una frase non la vuoi sentire, selezioni il francese e puoi non capirla.
Se incontri Luca, puoi non vederlo e andare avanti.
Tutto questo mi sembra figo.
Poi, però, mi chiedo: a cambiare lingua e scena, cambia anche il finale?

Venerdì voleva dire uscita.

E Roma, con la sua bellezza affacciata, rassomigliava a quelle donne che esibiscono le proprie virtù e si compiacciono di farle ammirare da tutti.

Camminavamo, il tuo braccio sotto al mio.

"Allora, Sofia, cosa ti piace di più?"

"Le piazze, piazza del Popolo, piazza di Spagna, piazza Navona..."

"Perché?"

"Perché si fa un giro largo per stare al punto di prima. E a te?"

"A me piacciono gli obelischi, mi fanno ridere, sono monumenti sull'attenti."

Un ragazzo suona la chitarra, a canzone finita allunga il cappello e invita i passanti a lasciare qualche spicciolo.

"Dalle mie parti non si suona la chitarra, si suona il flauto di Pan, lo conosci?" mi chiedi.

"Sì, l'ho sentito vicino a Palazzo Farnese. C'è un negozio, vendono bracciali di legno con incise le iniziali, catenine di piume, tappeti di lana ruvida e flauti di quelli che dici tu."

"E che ne pensi? È molto melodico."

"No, Sofia, mi spaventa quel suono, sa di storie del passato e spiriti che non se ne vogliono andare. Mi ricorda quelle finestre chiuse male, dove la notte ci passa il vento e fischia."

"Non dire sciocchezze, Giulia. Una finestra che fischia è la voglia che abbiamo di una persona, di vederla scavalcare ed entrarci nella stanza. Le finestre siamo noi a chiuderle male, le lasciamo mezze aperte quando aspettiamo il ritorno di qualcuno."

Camminiamo tra parole che lei ha già superato e che io non posso ancora capire.

Ha le gambe stanche, Sofia, decidiamo di tornare a casa, l'autobus è già alla fermata, cerchiamo di prenderlo al volo, svelta, ma quello parte senza di noi. Lei guarda l'autobus che abbiamo perso per un pelo, sorride e non riesce a smettere: se l'era scordato cos'era una corsa.

Aspettiamo il prossimo, arriva, saliamo.

Non ci sono posti liberi, è sera, la città torna a casa.

Un uomo, peruviano a giudicare dai tratti, nota il tuo abito e la tua stanchezza, prende in braccio il figlio, se lo mette sulle ginocchia per lasciarti il sedile, "si accomodi, sorella".

"Sorella" ti chiama e non gli viene bene pronunciarlo.

Ne esce una specie di eco, uno squarcio nell'aria, che non si richiude neppure quando ti metti seduta e guardi fuori dal finestrino, muta.

Per qualche fermata, viaggiate uno accanto all'altro e c'è disparità tra voi, un'asimmetria a vista d'occhio, e sembra che vi pesi.

Lui è due, è uno più uno, è uomo e figlio in braccio.

Tu sei una e di più non puoi essere.

Lui ha i colori della tua terra, siete una minoranza e non c'è un filo di solidarietà tra di voi.

Tra di voi, solo una pausa. Troppa pausa.

"Suor Sofia è tornata al suo paese, non lo sapevi?"
No, non lo sapevo, non mi hai detto niente.

Chiedo di vedere la tua stanza: voglio sapere se hai preso tutto o se hai lasciato una maglia, un fermaglio per i capelli, il vestito rosso a cui tieni tanto.

Penso che, se non mi hai detto nulla, è perché hai intenzione di tornare.

Entro nella tua stanza, apro gli sportelli degli armadi, vedo i cassetti a digiuno di vestiti.

Hai portato via anche il mappamondo, lo farai ruotare in nuove atmosfere, altre galassie.

Hai lasciato in ordine: hai messo la sedia sotto il tavolo, hai disfatto il letto, hai piegato le coperte sulla branda.

Hai fatto ordine con i mobili e non con me.

Mi hai lasciato i tuoi silenzi e le risposte che non davi.

Chiudo la porta della tua stanza, vado, che non ho tempo da perdere, ne ho perso già troppo. "Aspetta, suor Sofia ti ha lasciato questo."

Mi fermo, mi giro, prendo il sacchetto: c'è il tuo vestito rosso dentro e quella lettera.

Cara Giulia,
tu guardi i vestiti che aggiusto e mi credi una maga: pensi che le stoffe possano essere cucite, scucite, allungate, accorciate, un rammendo e ti sembrano nuove.
Col tempo sai che camuffare gli abiti è un'arte da poco: sotto la toppa resta il buco. Bisogna arrendersi ai buchi, prima o poi vanno guardati da parte a parte.
E io, oggi, questo sguardo che attraversa, ce l'ho.
Era una famiglia affollata la mia, ci teneva compagnia una radio rumorosa come un calabrone, ci arrivavano i balli dalla faccia allegra dell'America, chiedevamo al futuro di fare in fretta e di essere migliore.
A tavola si controllava il piatto dell'altro, per poter gridare all'ingiustizia, ma quando ti accorgevi che l'ingiustizia era comune, potevi solo stare zitto e abbracciato.
Di abbracci eravamo esperti, era l'amore il nostro antidoto, il meno costoso.

Capitava che mentre lavoravi ti accorgevi di uno sguardo e il carico delle giornate si dimezzava.
Amore non era aggiunta, era sottrazione, era sconto di peso, era Carlos.
Lo so che si dice "l'ho amato con tutto il cuore", ma io l'ho amato anche con i reni e la milza e lo stomaco, l'ho amato come solo una folle ama.
Lavoravo in un lanificio, conciavamo lana alpaca e la vendevamo agli stranieri, quelli attraccavano una volta l'anno con le navi cargo, compravano a due soldi e rivendevano a mille. E perché il lavoro di un uomo ha un costo diverso da un paese all'altro, non l'ho ancora capito, per me lo sforzo è sforzo dappertutto.
Carlos caricava la merce sul camion e andava al porto a consegnarla.
Era una vita di schiena tesa: la nostra pelle indurita era scorza di guerrieri inca che non hanno altra armatura.
"Tu mi asciughi il sudore" mi diceva, per quella fatica di giorno che l'amore di notte tamponava.
"E tu mi asciughi il sangue" rispondevo.
Sì, mi asciugava il sangue, si dileguava appena lui mi baciava.
"Potrei pungermi con l'ago, potrebbero spararmi, mentre tu mi baci, potrebbero investirmi, ma da quelle ferite non uscirebbe una goccia. Mentre tu mi baci, io non posso morire, io non posso sentire il dolore di un taglio, qualunque disgrazia accada, mentre tu mi baci, io non posso soffrire. Perché tu mi asciughi il sangue."
Siamo stati vicini, tanto vicini che non lo riuscivi a distinguere il mio odore dal suo.
Eravamo un bel quadro senza cornice, volevamo comprare una casa e i soldi da parte non arrivavano mai alla cifra.
Qualcuno ci aveva parlato dell'Italia, era lì che la nostra lana finiva, dicevano che era la terra dei miracoli, in pochi c'erano stati, non eravamo gente che va.
"Io vado" ha detto un giorno Carlos.
"Dove?"

"Incontro ai miracoli."
"A che serve? Tanto vale che aspetti: il miracolo prima o poi dovrà passare di qui."
"No, Sofia, il miracolo s'è scordato e non passa più: vado. Ti comprerò un vestito che riprenda i tuoi capelli blu, che solo tu ce li hai così, in tutto il Perú non ce n'è una che ha i tuoi capelli."
E mentre prometteva ricchezze, splendeva anche lui.
Io no, non splendevo, la fatica mi aveva insegnato a non credere ai soldi che stanno negli occhi e nella bocca, credevo ai soldi che si tengono in tasca, che si nascondono sotto il materasso e ogni tanto vanno controllati per assicurarsi che ci siano ancora.
Ma Carlos sognava e chi ero io per negargli un sogno: sarebbe stato lontano un anno, cosa conta un anno nell'eternità di due persone destinate?
"Vai" gli ho detto e in tre lettere c'era l'oceano.
Ha usato i nostri risparmi per viaggiare su quella nave cargo: è stato il carico più pesante che ho visto andare via.
Dopo qualche mese ho saputo che lavorava in una ditta di traslochi, lo pagavano bene, era felice e io con lui.
Mi scriveva, ma le lettere che scriveva "oggi" arrivavano venti giorni dopo e io impazzivo al pensiero che quelle parole fossero già invecchiate.
Sono passati anni, tanti che non riuscivo a tenerli in una mano.
Mi sono imbarcata anche io su quella nave, una donna folle in mezzo a lana alpaca, una donna impulsiva in mezzo a quell'odore di animale e istinto.
L'istinto fa fare cose irragionevoli, Giulia.
Io ero su quella nave per istinto e chissà cosa m'ero messa in testa di fare, trovarlo, trovarlo ovunque fosse, dirgli "questa non è casa tua, io sono casa tua, riprendi la strada del mio destino".
L'ho cercato all'indirizzo dove gli spedivo le lettere, "ha cambiato casa" mi hanno detto i nuovi inquilini.
L'ho cercato al lavoro, "ha cambiato lavoro" mi ha det-

to il suo capo e poi, con una nota di rimprovero, "s'è messo a fare il difficile da quando s'è sposato".
Si era sposato.
Non m'importava quando, dove, con chi, se era bella, più bella, se lo faceva ridere, se era ricca, non m'importava verificare con gli occhi: alle brutte notizie si crede ciecamente.
Non avevo più soldi per tornare indietro.
Non avevo più orgoglio per tornare al mio paese.
Volevo stare tra gente che non parlava la mia lingua, che domandava e non capivo, avevo voglia di non capire.
È così che si parte e si resta.
C'è una storia che raccontano dalle mie parti, una storia adatta a quelli che inciampano.
"Puoi camminare guardandoti i piedi e allora, è raro, ma potrai inciampare lo stesso; di sicuro, perderai un tramonto che si spegne davanti a te, i disegni di uno stormo d'uccelli sulla tua testa. Oppure puoi camminare guardandoti attorno, quasi sicuramente inciamperai, però avrai raccolto i regali della terra."
Io non ho dato retta a questa storia, io dopo avere inciampato, semplicemente, ho smesso di camminare.
I miei capelli blu li ho coperti con un velo, che nessuno potesse dire che non ce n'era un'altra con i miei capelli.
Ho fatto un patto con Dio e per un po' ha funzionato.
Poi sei arrivata tu.
M'incantava sentire i racconti dei balli, i baci che davi risvegliavano i miei.
Il venerdì è diventato festa con te e Roma sorridente come non l'avevo mai vista.
Saliamo sull'autobus e un uomo mi lascia il posto, è gentile, è vestito bene, ha i capelli curati e un figlio, ma ha quella faccia e io quella faccia me la porto dentro, non posso non riconoscerla, forse ci sono sei facce al mondo come la sua, ma tutte e sei assomigliano a quella che io ho amato.
Basta un attimo e ti accorgi che il velo copre, non cam-

bia. Ho imparato i comandamenti e il rosario, ma rinunciare a un dolore non si può.
Non credo al perdono. Il male fatto resta ed è una faccenda tra uomini.
Dio non c'entra.

Sofia

Vedi, Mia, quante cose ti racconto e non ti ho detto prima.
C'è un mondo di persone e nostalgie che mi appartiene e non te lo sei mai chiesto.

Quando torno dall'ospedale, avrei voglia di sedermi sul divano accanto a te, poggiare la tua testa sul mio grembo e parlarti. Preferirei parlarti invece di scrivere, che scrivere è una vigliaccata, è dire le cose alle spalle, è rispondere quando si ha la risposta pronta e il momento di rispondere è già passato.

Vorrei parlarti, ma tu non ci sei, stai in qualche bar del centro a prenderti un aperitivo o a farti una camminata, passi regolari, senza scatti. Il tuo non è passeggiare, è "cazzeggiare" come dite voi ragazzi.

"Tu pensi pensi e non fai niente" ti rimprovero, cercando di scuoterti dai tuoi giorni sconclusionati.

"Tu invece fai fai così non pensi."

Urli, hai la lava al posto del sangue.

E ti dimostro che anche io so urlare.

Urlo "vattene di casa" ogni volta che litighiamo e ogni volta prego che tu non mi prenda sul serio.

Urlo, ma quando poi non ci sei, cerco di capirci qualcosa e prendo il tuo diario.

Li chiamano esami di maturità, ma esami di stato è più corretto.

Per Luca la maturità non ha patente, non passa attraverso i libri, passa attraverso i sogni e il coraggio di credere al di là di tutto.

Per me essere grandi significa sapere rinunciare.

Per i miei prof, invece, maturità è sapere Sallustio.

Agli scritti avevo copiato, confesso, soprattutto storia e matematica. Non ho memoria, caro diario, te l'ho detto, non ricordo neanche il nome di un ragazzo il giorno dopo. E non ho trovato il valore della ics.

All'orale mi hanno chiesto Leopardi.

Leopardi è uno che ha saputo trasformare la sofferenza in arte, non è da tutti, io la mia sofferenza me la tengo così com'è, non la trasformo in un bel niente.

C'erano Marzia e altri compagni di classe a fare il tifo per me. Mia madre non ha avuto il coraggio di entrare, ha ascoltato la mia interrogazione dietro la porta.

Ho avuto il minimo, sessanta con spinta, che importa, se non semini non puoi aspettarti di raccogliere, è questo il vantaggio di non seminare, non hai il problema delle aspettative.

Mia madre, davanti a tutti, ha detto: "Sono fiera di te".
"Mamma, ma che dici? Ho avuto il minimo, sai cos'è il minimo?"
"Te lo dico, Mia, perché a me nessuno l'ha detto."
Sarà.
A me sapeva di presa per il culo.

È il giorno della mia laurea.

Mia madre è sempre più esile e ossuta; un tailleur nero la stringe sulle spalle, sottolinea le scapole sporgenti.

Mio padre ha il naso e le orecchie ingrossati dalla vecchiaia, la fronte calata appena sopra gli occhi.

Ci sono Flavia e Livia e i rispettivi mariti. I loro figli giocano e piangono nell'androne, mentre io discuto la tesi, mi sforzo di concentrarmi e ricordare.

Mezz'ora a parlare della testa del pancreas.

Il relatore mi chiede se ho già idea di quale specializzazione prendere.

"Chirurgia" rispondo senza dubbi, ho voglia di vedere le persone dentro, io che dentro non le ho mai sapute vedere. Chissà se c'è un marchio, un'etichetta, se l'anima dà qualche segno di sé.

"Non avrai mica voglia di starmi tra i piedi?" s'intromette il professor Rubini spazientito, titolare della cattedra di Chirurgia, anche lui membro della commissione.

"L'idea era quella" gli rispondo e sorrido, sorrido alla tua maleducazione, vecchio cafone.

Dovrai farmi lavorare con te, dovrai guardarmi mentre tocco i tuoi pazienti e prima o poi dovrai trattarmi alla pari.

La commissione mi congeda, una stretta di mano energica.

Mia madre si avvicina e mi dice all'orecchio "Flavia aspetta un altro bambino".

Perché, una volta tanto, non dici che sei contenta per me, per me e basta?

Quando ho scoperto di essere incinta ho giurato "mia figlia sarà diversa", ho cercato di non ripetere gli errori di mia madre, ne ho fatti altri.

Sofia diceva che le case sono un discorso in muratura e gli oggetti parole.

La casa dove abitavo io voleva dire "attento, sono fragile", un richiamo alla disciplina.

Il lampadario di vetro, le stoffe chiare, le pareti bianche, i piatti di ceramica buona, il divano di pelle marrone.

Era una casa che aveva paura del tempo: ogni mobile, ogni cornice instabile ripeteva: "Attento, sono fragile".

E allora l'abbiamo abitata con vestiti inamidati e gesti economici. In punta di piedi.

La tua casa, invece, non si è sottratta al tempo.

Ti ho lasciato scrivere con i pennarelli sul muro del salone, saltare sul letto, mangiare sui divani, posare il bicchiere sul cassettone francese.

Mi piaceva vederti sciupare le cose, viverle fino in fondo.

Io, a casa mia, non toccavo niente, avevo paura che a vivere si rompesse tutto. E quella paura mi è restata addosso, è passata dai mobili agli uomini.

Non ho fatto gli errori di mia madre con te, ne ho fatti altri, ho peccato d'originalità.

Sono l'unica donna del reparto. Mi piace stare tra uomini, non fanno domande, non chiedono "parlami di te", è come se ti conoscessero da sempre, t'invitano al bar, ti offrono il caffè, a volte fanno una battuta sconcia che ci resti di sasso.

Andrea Rubini è il professore che mi segue. Ha cinquant'anni, una grande esperienza in sala operatoria. Le mani robuste, con le vene esposte, la fronte alta, imperiale, gli occhi piccoli e fissi, uno sguardo che poche volte si scompone. Porta gli occhiali, gli danno un'aria saputa.

A fine giornata si mette seduto sui gradini, all'ingresso dell'ospedale, e fuma un sigaro toscano.

Non è sposato, non ha un piatto in tavola quando torna, va al ristorante ed è contento così.

Le infermiere lo chiamano "Attila", per i suoi modi nient'affatto garbati, per la sufficienza con cui le tratta.

"Domani alle otto c'è un'occlusione intestinale. Puoi assistere anche tu," sorride, "se non hai da metterti lo smalto."

"Taglierò le unghie" rispondo.

"Se non devi fare l'uncinetto."

"Lo farò un altro giorno."

"Se non devi cucinare."

"Salterò il pasto."

In sala, non mi fa toccare nulla, al massimo passargli i ferri.

Ha una lieve cadenza del Nord.

E, se non è ancora chiaro, non sopporta le donne.

Una volta l'ho trovato in corridoio, distribuiva bastoncini di legno ai colleghi.

"Che succede?" ho chiesto.

"Chi prenderà il bastoncino più corto andrà a letto con te" ha risposto continuando a distribuire bastoncini.

"Di solito sono io a decidere con chi vado a letto."

"Oh, ma non preoccuparti, se capiti a me ci rinuncio."

Andrea Rubini era solo questo, un vecchio cafone.

È la vigilia di Natale.

Flavia e Livia citofonano, i loro figli fanno a gara per le scale, passi piccoli e già svelti, "chi arriva ultimo è fesso".

Me ne vado in disparte e faccio squillare il cercapersone.

"Devo andare" dico e suona vero.

Andrea è lì, nella stanza del medico di guardia, disteso

sulla branda, ha la barba di qualche giorno e l'occhio assonnato.

"Puoi tornare a casa, Andrea. Faccio io il turno al posto tuo."

Un collega, uno qualsiasi, direbbe sì e se ne andrebbe alla svelta, è Natale.

"Col cavolo. Non ti permetterò di far morire tutti i pazienti in un colpo solo" e fa la sua risata larga.

"Vorrà dire che saremo in due" ribatto, appendo il cappotto nell'armadietto e mi stendo anche io su una branda.

È notte fonda, non un campanello ha suonato, non uno ha bisogno di noi, siamo un uomo e una donna che non aspettano nessuno e che nessuno aspetta, siamo gente che fugge da se stessa.

Zia Flavia ha una cicatrice lunga, le parte da sotto ai seni, a metà strada fra i due, e arriva fino alla pancia. L'ha operata mio padre molti anni fa.

Lei dice che la sente tirare quella ferita, ma l'ha fatta vedere a mille altri medici e quelli le hanno risposto che la cicatrice è perfetta, meglio di così non poteva essere.

Allora mi chiedo: perché prova ancora fastidio?

Mia madre mi ha spiegato che capita, ci sono pazienti che sentono il dolore dove non può esserci.

Se togli a un uomo la gamba destra, anche a distanza di anni, ci saranno giorni in cui ti dirà che sente la gamba stanca, sì, la destra, gli farà male, proprio la destra.

Possiamo smettere di parlarne, possiamo fare in modo che gli altri smettano di parlarne, possiamo annullare una parte di noi e andare avanti, ma il corpo ha una memoria infallibile, si ricorda la sensazione di gambe e braccia anche quando non ci sono più.

Si chiama "sindrome dell'arto fantasma".

Mia madre dice che è il dolore di una parte che manca, lo chiama "il dolore dell'assenza".

Hai novanta di massima, sessanta di minima, centoventi di frequenza. Sono numeri da giocare al lotto, Flavia, magari sbanchi anche lì.

Una febbre moderata, trentasette e mezzo.

"Ha preso un antidolorifico?" ti chiede Andrea, tu non rispondi, ti tieni il ventre mentre noi cerchiamo d'ispezionarti, di riconoscere quei piccoli dettagli che fanno una diagnosi esatta.

"Lei non può trattarmi così, mi fa male, stia attento, mio marito è avvocato" ripeti come un disco rotto.

Andrea fa finta di non sentire le tue minacce, ti fa l'esame obiettivo, hai l'addome globoso, disteso, con segni di peritonite, a toccarti urli.

"Quando è comparso il dolore?" ti chiede, ma lui è goccia e tu sei roccia, ci vorrebbe tempo per scavarti e tu non hai tempo.

Ordiniamo gli esami di laboratorio, emocromo, azotemia, glicemia, colinesterasi, protidogramma, transaminasi, CPK, LDH, esami, esami, vogliamo esami. I risultati mostrano un aumento dei bianchi e i valori enzimatici mossi.

Un'infermiera ti slaccia la camicetta e posiziona gli elettrodi dell'ECG sui tuoi seni ancora saldi, non sa se t'invidia o le fai pena.

Sudi, sei un fiume in piena.

Sai di vomito, ma hai gli occhi imperativi.

Arrivano i risultati dell'RX addominale, si vedono numerosi livelli di tenue.

"Va operata stasera, adesso, fino a domani non regge" dico all'équipe.

Ti portiamo in sala operatoria, con sospetto di addome acuto e poche certezze, l'unica soluzione è aprirti e in fretta. Sei sempre stata un mistero, Flavia, a guardarti da fuori uno non capisce niente di te.

"Vieni anche tu in sala" mi ordina Andrea.

Infilo la cuffia sui capelli, non una ciocca è fuori posto, vado in bagno, mi lavo le mani, dito per dito, raschio la pelle con la saponetta.

Intanto gli infermieri spingono il letto dove sei sdraiata, ti portano in ascensore, giù, al piano terra.

Le luci al neon ti schizzano negli occhi.

"Spegnetele" ti lamenti finché l'anestesia non ti addormenta.

Franco ha esitato a portarti al pronto soccorso.

Non si fida delle mani dell'ospedale, sono mani sporche, sono pavimenti dove la suola delle scarpe si appiccica, sono persone che dormono nella stessa stanza, respiri diversamente malati che si mischiano di notte, sono sedie di ferro da cui la vernice se n'è andata parecchio tempo fa, sono muri scrostati dove la gente appiccica preghiere.

Franco non si fida, però ha dovuto.

Mia madre telefona e ripete "falla operare da Andrea Rubini, è un arrogante ma è il migliore, non farla toccare da nessun altro".

Entro in sala con una di quelle tute verdi che dovrei vederci speranza e invece mi ricordano prati che non sai dove cominciano e dove finiscono, pianure sterminate dov'è facile perdersi.

Franco cammina fuori dalla sala, avanti e indietro, non si

fida di Andrea Rubini, l'ha capito da come gli ha stretto la mano, un chirurgo non la stringe così forte.

"Se succede qualcosa a mia moglie, giuro che la denuncio" ha detto ad Andrea, fermandolo in corridoio.

"Siete due teste di cazzo, lei e sua moglie. Fosse per me, farei morire entrambi" gli ha risposto Andrea ed è entrato in sala.

Abbiamo le mascherine sulla bocca, i guanti in lattice aderiscono perfettamente alle mani.

Gli attrezzi sono apparecchiati sul vassoio, Flavia ha la fronte strizzata, minacciosa anche nel sonno.

"Non dev'essere facile avere una sorella così" suppone Andrea.

"Così come?" Così bella?

"Così prepotente, lei e il marito pensano che tutti gli altri siano nati col dovere di farli stare bene."

No, non è stato facile, Andrea, capita di sentirsi pezzi di ricambio, utili per altre macchine e incapaci di una corsa propria.

"Lascia perdere, la gente quando sta male dice cose senza senso."

"La gente quando sta male è vera come non mai" risponde lui con la velocità delle risposte offese.

"Senti, te lo chiedo come un piacere personale: operala tu."

Andrea guarda Flavia e poi me, diverse come il giorno e la notte, tu dormi, io tremo per te, tu offendi, io mi scuso per te, non sembriamo neanche parenti: "No, io non la opero. Lo farai tu".

"Scherzi? Ti ho passato i ferri fino a questa mattina e mi chiedi di cominciare adesso, proprio con lei?"

Andrea promette che si prenderà lui la responsabilità dell'intervento, è un patto.

Mi mette il bisturi in mano, "sbrigati, l'anestesia non dura all'infinito".

Andrea appoggia la sua mano sopra la mia, guida il bisturi, lento, lungo la linea alba, affonda di qualche centimetro, dal processo xifoideo dello sterno arriviamo all'ombelico, ci giriamo intorno, incidiamo una C, poi continuiamo dritti, in basso, fino al pube.

Dopo il taglio, il sangue allaga, scivola fuori come l'acqua dai tombini di Roma quando piove forte.

"Tampone", ti tampono il sangue, Flavia, il tuo sangue torrenziale, che potrebbe abbattere lampioni e alberi, che dovrebbe essere simile al mio e invece il mio è diluito e placido. Mi piace sentire il tuo sangue tra le mani, vedermelo sul camice, spero sia contagioso e che domani mi possa svegliare come te, essere egoista, sfruttare l'affetto, amare a boomerang, amare di un amore che torna sempre indietro.

"Divaricatore", scollo i tuoi piani muscolari, mi coprono la visuale, li prendo come fazzoletti e li sposto. La tua carne cerca di tapparmi gli occhi, come quella volta con Gabriele, ricordi?, quanto li avevo tappati, non vedevo niente, seguivo i tuoi consigli per piacere di più a lui, tu sapevi bene cosa piaceva a lui.

"È un volvolo completo del cieco con sofferenza vascolare" dice Andrea preoccupato. È una torsione del colon sul mesentere che ha causato un'occlusione intestinale. Si sono occlusi anche i vasi mesenterici che vascolarizzano il segmento, hanno determinato la necrosi e la perforazione.

Hai un tratto d'intestino nero, Flavia, il nero è un colore appropriato quando si trova in fondo a un pozzo, quando lo vedi negli occhi di Sofia, non quando si trova dentro il corpo di un uomo.

"Preparati l'intestino, reseca il tratto necrotico e anastomizza l'ileo al colon ascendente" detta Andrea.

Ti asporto il tratto necrotico e poi costruirò un ponte tra l'ileo e il colon ascendente.

Ecco, adesso non hai più la parte infetta e non hai ancora il ponte. Per ora c'è un trampolino fra un organo e un altro, il tuo corpo fa un salto nel vuoto, Flavia, e tu dormi, con le tue certezze, dormi.

Ho le tue budella in mano, quante volte tu hai preso le mie e le hai strizzate come si fa con uno straccio bagnato, io non ti ho tradito, ho mantenuto il segreto, eri tu quella sbagliata, non io, mi parlavi di valori che servivano a proteggerti, il ladro insegnava al poliziotto che non era bene fare la spia, ti ho visto rubarmi la prima cosa bella che avevo e non ho fatto la spia, sono stata brava eh?, abito lo spazio che mi hai lasciato ed è poco, passano gli anni e sono ferma allo stesso sbaglio, salvarti; avrei potuto rallentare i tempi della visita, fingere di non vedere l'urgenza, fissare l'intervento a domani e domani sarebbe stato tardi. Ma non sentirti in salvo, non lo sei ancora. Sai quante parti minuscole ci sono nel tuo corpo e tutte collegate? Basta tagliare il cavo sbagliato e la macchina non riparte più.

Perché dovrei essere infallibile?, potrei fallire adesso, sì, adesso, potrei sbagliare con te, per tutte le volte che hai sbagliato tu con me.

La tentazione è così forte, Flavia, così forte che mi stordisce.

Un assistente mi chiede "che aspetti?", pronto a strapparmi gli attrezzi e a prendere in mano la situazione, Andrea lo ferma, gli dice "la paziente è di Giulia, sta a lei tirarla fuori o lasciarla lì".

Sta a me tirarti fuori o lasciarti lì.

Che vedi sotto l'effetto dell'anestesia?

Forse niente, anche i tuoi sogni sono neri, come lo sono i tuoi pensieri, com'è la tua anima, com'era nero quel tratto del tuo intestino.

Ho cercato di togliere quel nero, ho cercato di pulirti, ho il tuo nero sui guanti, sul camice, è una vita che cerco di pulirti, e sono stanca e mi piacerebbe pensare che adesso, sotto l'effetto dell'anestesia, vedi la nostra tavola, i tovaglioli ben stesi sulle ginocchia o anche solo una macchia, una macchia azzurra, ché l'azzurro dev'essere un bel colore se è del cielo.

Finisco di anastomizzarti, ecco, adesso il ponte c'è, tengo

i lembi vicini e con un ago lanceolato chiudo la ferita. Sono parecchi punti, cerco di metterli con grazia così non ti resteranno brutte cicatrici, potrai andare al mare con la sicurezza di sempre.

Avrei potuto dire a Franco "non ce l'ha fatta, era così fragile".

Lui ci sarebbe cascato, a me non m'incanti. Lo sappiamo tu e io che sei granitica, una statua che non si sposta, vince su muschi e secoli, il tempo può affannarsi quanto vuole.

Avrei potuto ucciderti e dire "l'ho fatto per il suo bene, l'intestino era compromesso".

Ma non l'ho fatto. Per il tuo bene, non l'ho fatto.

Sei libera, il portantino ti trascina in rianimazione, ti risveglierai lì.

Gli assistenti tornano a casa, è finito il loro turno, Franco si affaccia in sala operatoria e chiede "ci sono stati problemi?", Andrea gli risponde che ti sveglierai tra qualche ora, sentirai tirare la ferita, l'intestino si abituerà piano a quel nuovo assetto, starai bene, glielo garantisce.

"L'ha operata lei, dottor Rubini?"

Andrea mi guarda e non sa rispondere.

"Sì" dico io.

Franco pensa che è vero quello che si dice di Andrea, è un arrogante ma non ce n'è uno migliore, dal vetro guarda la macchina che controlla le funzioni vitali di Flavia, vede le luci lampeggiare e pensa che fino a quando lui guarderà sarà tutto a posto, ci sarà un altro bip e un altro ancora.

In sala operatoria restiamo Andrea e io.

La fronte bagnata dal sudore, le vene che ballano sulle tempie.

"Non farmi più una cosa del genere" gli dico seria mentre mi massaggio il braccio destro, tenuto in tensione per tutto l'intervento.

Lui sorride e nel contorno degli occhi si affacciano le rughe.

Le visite sono finite, gli infermieri e i medici tornano a casa, nessuno ha voglia di restare a lungo in questo posto.

Andrea e io ci sfiliamo i guanti senza fretta.

La luce al neon non ci fa capire che ore sono, è un giorno artificiale, è un sole atomico per noi che siamo lì.

"C'è qualcuno che ti aspetta?" mi chiede.

"Nessuno, a parte un bagno caldo."

"Hai le mani buone per questo mestiere" e me le prende e le rigira tra le sue. "Hai le dita sottili, si muovono bene tra gli organi, anche negli spazi più stretti. Sono decise e delicate" e me le bacia, piano.

Dalle mani passa al collo, appiccica il suo ventre al mio, mi spinge contro il tavolo operatorio e ancora avanza fino a farmi sdraiare.

Con un colpo deciso mi abbassa i pantaloni.

Andrea entra senza aspettare, io non sono pronta, io non so se voglio, io non mi sono mai chiesta cosa voglio, ha sempre deciso qualcun altro per me.

Andrea fa in fretta, ha un'età fatta d'istinti che si accendono all'improvviso ma si spengono subito, un'età in cui fai l'amore con pochi colpi e nessuna parola.

Resto stordita sotto la luce violenta del tavolo operatorio e mi sembra l'alba di un nuovo giorno.

"Mi vuoi sposare?" gli chiedo a bruciapelo.

Lui mi guarda e non capisce: "Perché dovrei?".

"Perché so la stanchezza del tuo braccio quando finisci un intervento. So che la solitudine ti riempie le giornate e che non sei davvero contento di mangiare ogni sera al ristorante. So che hai voglia di casa e di essere padre. So che vuoi provare il gusto di sbagliare e fregartene. E so che ti sembra che è tardi, ma non lo è, sei ancora in tempo."

Non era vero, Mia.

C'erano solo due cose che sapevo.

Che quell'uomo era stato il primo a credere in me.

E che quella fiducia assomigliava all'amore.

Era l'uomo che avevo scelto.

In lui avevo visto il medico, il padre, il marito: anche lui, a suo modo, una trinità.

Finalmente avevo una nuova casa, senza i silenzi di mio padre e le debolezze di mia madre. Ero in dovere ogni giorno per quella libertà che lui mi aveva regalato.

Mi ero trasferita a casa sua, ma era un appartamento per due e noi ne volevamo uno per tre. Andavamo a caccia di metri quadri, dai cento in su, guardavamo gli annunci per strada, compravamo le riviste immobiliari.

Andrea a volte si chiedeva se ci fosse davvero bisogno di una casa più grande, si sentiva vecchio per fare progetti, i suoi spermatozoi non erano più atletici e testardi.

Non aveva la minima intenzione di andare la domenica a pranzo dai miei genitori, non sopportava l'idea di stare a tavola con le mie sorelle e i rispettivi mariti.

Ridevamo spesso pensando a loro, per la prima volta li vedevo mediocri, non erano più onnipotenti.

Li avevo sempre visti lontani, irraggiungibili. E invece mi bastava scendere di qualche gradino.

La sera cucinavo per lui, mi piaceva apparecchiare bene, mettere i fiori sulla tavola, i tovaglioli di stoffa e non di carta. Diceva che ero una ragazzina educata e mi dava un buffetto sulla guancia.

In ospedale, invece, non c'erano tenerezze, solo sguardi rigidi tra noi: ero tornata a passargli i ferri, a non operare, che gli altri non pensassero a favoritismi e raccomandazioni e che non saltasse in mente a nessuno per un solo istante che forse la moglie ci sapeva fare più di lui.

Quando non riusciva a salvare un paziente, tornava a casa con una voglia ostinata di fare sesso, di dimostrare a se stesso che era ancora tempo di godere.

Spesso nei suoi pensieri passava un'ombra.

"Sai cosa succederà tra vent'anni?"

"Non ricominciare, Andrea."

"No, te lo devo dire, perché tu sappia.

Io sarò ancora più vecchio e da accudire, avrò paura di perderti e per questo ti odierò.

E tu penserai che mi hai dato i tuoi anni migliori e che sono stato un ingrato."

Era noioso.

Diceva "se avremo un figlio, io sembrerò il nonno. Qualcuno ti chiederà se sono tuo padre. All'inizio dirai di no, seccata, dirai che sono tuo marito, ma un giorno ti stancherai di dare spiegazioni, risponderai sì, è mio padre, un po' ti vergognerai di quella bugia e un po' ti vergognerai di me".

Era noioso quelle sere in cui il tempo si metteva a fargli i conti in tasca, a disegnargli una nuova ruga sulla fronte e nel contorno degli occhi.

Era noioso, ma aveva ragione.

Silenziosi si nasce o si diventa?

La risposta non l'avevo neanche io che ne avevo conosciute di parole mute, ero passata da un silenzio a un altro, mi ero trasferita nella bocca chiusa di un altro uomo: non più mio padre, mio marito.

Forse le parole, anche loro sono in quantità definita, come le cartucce che entrano in una pistola.

Le avevamo sparate tutte, non erano rimasti colpi in canna.

Mi chiedevo come avessi potuto sbagliare, io che il silenzio di un uomo l'avevo odiato per trent'anni, io che mi ero promessa di scansarlo, di trovare un marito con cui mettere in tavola i sapori buoni delle parole.

Forse gli errori di una madre continuano nel Dna dei figli. Avevo trovato un uomo simile al suo, per dimostrare che io non ero come lei, io potevo farcela a cambiarlo.

Ma ci sono uomini che sono liquidi, puoi stringere i pugni quanto vuoi, scivolano comunque tra le dita.

Mi convincevo che era colpa di quel bambino che non ne voleva sapere di arrivare.

Era quel figlio non nato che ci metteva contro.

Era quel figlio una riserva di parole nuove, tesori che non vogliono venire alla luce.

La gente si chiedeva se era il corpo di lui o il mio a non funzionare.

Anche noi ce lo chiedevamo.

Ci sentivamo macchine imperfette.

E pensavamo che Dio, quel Dio che lasciava moltiplicare tutti, con noi si fosse messo a fare le sottrazioni, come se i nostri cromosomi fossero da buttare, come se non ne valesse la pena di fare uscire gente simile a noi.

Ci sentivamo sbagli che non si dovevano ripetere.

La voglia diventava precisione e la precisione pazzia.

Ci provavamo ogni volta che arrivava l'ovulazione, puntuale, al quattordicesimo giorno, non mi lavavo, cercavo di trattenere il suo sperma, mi mettevo sdraiata per tutta la notte, le gambe sollevate, appoggiate al muro, sfruttavo la forza di gravità per facilitare la fecondazione. Mangiavamo sano, avevamo smesso di bere caffè, lui un giorno aveva buttato un pacchetto di sigarette e da quel giorno non le aveva più comprate, non prendevamo medicine, neanche per il mal di testa, dormivamo un'ora in più, io avevo preso a correre di domenica mattina.

Facevamo cose che potevano fare bene a quel bambino che non avevamo.

Andavo ogni mese in farmacia a comprare un test di gravidanza, farmacie sempre diverse, dove non potevano riconoscermi: mi piaceva andare alla cassa con quella confezione, sorridere, sentirmi dire "auguri", sorridere di nuovo, dire "grazie" e pensare che quella era la volta buona, sì, era la volta buona.

E ogni volta tornare a casa, chiudersi in bagno, non farsi sentire da Andrea, non trascinarlo in quella speranza esasperata, gettare uno schizzo di pipì sulla cartina, aspettare e pregare, pregare e poi bruscamente fermarsi, costringersi a non pregare, fare in modo che Dio non se ne accorga, scippargli un figlio, mettere al sicuro il risultato prima che Lui possa fare qualcosa per impedirlo.

E ogni volta non vedere apparire nessun cerchio, capire che è stato un sogno e come tutti i sogni è durato poco: il tempo di crederci.

Le tue sorelle hanno figli, le tue amiche hanno figli, le mogli dei tuoi colleghi anche. Hanno un bambino e ne aspettano un altro, si tengono le mani sulla pancia.

Hanno case con giocattoli sparsi sul pavimento, ti sforzi di non farci caso, ma inciampi in un trenino, una macchinetta, la spazzola di una bambola.

Ti convinci che quelle donne incinte sono sfortunate, ingrassate, pastose, i mariti le tradiranno appena possibile.

Poi le guardi bene e ti accorgi che sono più belle di prima: dev'essere l'effetto degli estrogeni e del progesterone.

La maternità ringiovanisce, non invecchia.

Il corpo ha un carnevale di ormoni: la pelle diventa più tesa, si rimangia le rughe, i capelli si fanno robusti come radici, lisci come seta.

I mesi che porti in grembo li sottrai ai tuoi.

E non ci sono scuse per me, non ci sono fortune.

Anche Andrea è a disagio, lo vedo.

Si rifiuta di mangiare a tavola insieme a quei ragazzini che fanno schizzare il sugo dal piatto, che vogliono giocare a poker e non conoscono le regole.

"Sai che ti dico?, mangiamo per conto nostro."

Declinare gli inviti, restare a casa.

Ecco, è pronta in tavola, una cena senza fame.

I nostri corpi sono album di famiglia.
Abbiamo il naso di un parente, le gambe di un altro, siamo la collezione di chi c'è stato prima di noi.
Non ho conosciuto mia nonna, ma ho le sue scapole sporgenti e i suoi capelli lisci.
Di mio nonno non so cos'ho, mia madre dice "per fortuna, niente", ma sono sicura che pure lui è qui, dentro di me, magari nella forma dello stomaco o in quella del femore.
Non ho conosciuto neanche lui.
So che sono morti poco prima che arrivassi io. È un giro di giostra la vita, se uno scende un altro sale.
Se ne sono andati insieme, a pochi giorni di distanza.
Si amavano molto, questo mi ha raccontato mia madre.
Si amavano tanto che uno non era riuscito a sopravvivere senza l'altro: l'aveva seguito nel sonno.
Io non ho ereditato la loro capacità di amare.
E darei in cambio le scapole sporgenti e i capelli lisci e tutto quello che loro mi hanno lasciato per quella sola e unica dote.

Si dice che, quando due persone si sono amate davvero, la morte di una trascina l'altra.

Ai miei genitori è successo così.

Mia madre si è spenta una mattina di settembre, c'era il sole fuori, non era riuscita ad alzarsi dal letto, era agitata di un'agitazione insolita.

"Ti portiamo in ospedale" le ripeteva Flavia mentre correva per la stanza a recuperare il necessario, apriva una valigia e c'infilava dentro i vestiti, il pigiama, le pantofole.

Mia madre seguiva i suoi movimenti, lasciava fare e tremava.

"Fermati, Flavia. Non vedi che la agiti?" le ho detto a bassa voce, per non farmi sentire.

"Tu piuttosto, perché non le senti il polso."

"Non serve."

Non le ascolto il polso perché ho paura di sentire il ballo lento di quell'arteria e perché già so che a un certo punto la canzone finirà.

Flavia insisteva con quella storia dell'ospedale, ha chiesto a Livia di aiutarla, hanno sollevato mamma dal letto e lei non una parola, si lasciava tirare per le braccia, lasciava fare, con gli occhi impauriti di una vecchia bambina, l'animo fragile e le rughe sul corpo.

"Basta" ho ordinato a denti stretti, le ho allontanate con

una spinta, ho preso mia madre sotto le ascelle e l'ho fatta sdraiare di nuovo, "tranquilla", le ho sistemato il cuscino sotto la nuca, le ho preso un bicchiere d'acqua.

"Non puoi decidere tu per lei" mi ha risposto Flavia.

"Neanche tu puoi."

E tu, mamma, te ne stai zitta, come non fosse affare tuo.

E allora, mentre guardi altrove e fai finta di non vederla questa lite, te lo devo chiedere io, per la prima volta, quello che qualcuno ha sempre deciso per te.

"Tu che cosa vuoi?"

Ha risposto guardando da un'altra parte, dove non potevano raggiungerla gli occhi della figlia grande, la figlia forte, forte come lei avrebbe voluto essere.

"Non voglio essere vista dalla gente."

Sapeva che era il momento e quel momento voleva che accadesse quel giorno in quella casa.

Si sarebbe sentita a disagio in un letto d'ospedale, gli occhi della "gente" puntati, ci aveva tenuto tutta una vita a essere rispettata, lei che sistemava la gonna ogni volta che si metteva seduta, lei così costumata, mai una volta che avesse aperto la porta in pigiama, mai una volta che l'avessi sorpresa con le dita nel naso.

I tuoi pudori sono al sicuro, mamma, puoi restare qui, tra le tue cose. Te ne vai, impeccabile come ti sei sempre sforzata di essere.

Non preoccuparti, non racconteremo alla "gente" la tua scontentezza, quel tuo essere stanca anche di mattina, quella tua fragilità, stare dalla parte dei più forti tu che eri debole e credevi alla catena del bene: l'anello di sopra regge quello di sotto.

Tua figlia era nata forte come un sasso, era il tuo anello di sopra, ti eri affidata a lei, le avevi affidato anche Livia e me.

Ancora adesso, le ultime parole che hai le usi per ricordarci di badare una all'altra.

"Me ne vado tranquilla se vi so unite" ripeti.

Mi vedi risentita, perché ti hanno confuso con una marionetta e tu sei di carne, hai gambe e testa e cuore e sei mia madre e io non lo posso permettere, mi dici "chiedi scusa a Flavia, fai la brava, dai retta a tua sorella" e io chiedo scusa, ti dico che è stata una sciocchezza, figurati, per me è già passata, le voglio bene, certo che le voglio bene, è il mio sangue, mi sforzo di sorriderti, ma ti vorrei dire difendimi come io ho difeso te, aiutami a capire cosa voglio, fammi smettere di essere un satellite, mi poggio qui, sul tuo grembo, fammi tornare dentro, ricominciamo da capo, faremo tutto meglio, uniremo le nostre debolezze, saremo forti in due, io e te messe insieme saremo forti come uno forte davvero, non ingoieremo più bocconi che non ci piacciono, ci racconteremo tutto, quante cose non ti ho detto.

Papà non ha pianto, dopo che lei ha chiuso gli occhi se ne è andato in cucina, aveva una gran fame. È morto qualche giorno dopo, di notte, non c'era nessuno con lui.

Si dice che quando due persone si sono amate davvero, la morte di una trascina l'altra.

Ai miei genitori è successo così.

No, non si erano amati davvero.

Semplicemente si erano sfiniti a vicenda.

La morte dell'uno significava carestia per l'altro: non c'era più polpa da succhiare.

Vado spesso alla stazione, diario.

Non m'interessa la gente che arriva, mi piace la gente che va.

Ci sono addii lunghissimi e altri corti come uno starnuto, ci sono treni che fanno poco rumore e altri fischiano che è una canzone.

Ci sono innamorati che si raccomandano e si dicono una parola per ogni chilometro che li dividerà, altri si abbracciano tanto che sembrano lottare.

Ho imparato che i bagagli hanno un peso che influenza il passo.

Mi piace il treno quando prende velocità, immagino quello spostamento d'aria che sigilla le orecchie, immagino quelli che hanno valigie grandi come armadi, mi piace pensare che aprano il finestrino e buttino tutto al vento.

Finalmente avevamo trovato una casa per tre: noi due e il figlio che non avevamo.

Ad Andrea quei metri quadri in più mettevano un senso di vuoto, di stanze a digiuno. Non aveva fratelli né sorelle, figlio unico, era abituato a spazi costruiti intorno a lui, a scarpe precise, a situazioni della sua taglia.

A me piaceva vedere quelle camere disabitate, ero cresciuta con le maglie che mi passavano le mie sorelle, maglie più grandi, slargate dai loro seni, ero cresciuta con spazi da riempire.

Una casa senza giardino: dalla finestra si vedeva il Tevere e la strada e le macchine e la gente che passeggiava.

Un appartamento all'ultimo piano, senza cortile né alberi.

Non volevo che mio figlio facesse giochi di fantasia, di querce contorsioniste e pini trampolieri, volevo che imparasse a trattare con la gente, le automobili, l'acqua, con la vita che non ha radici, con la velocità che non conosce pensieri.

"Non c'è bisogno di grandi interventi" aveva detto chi aveva abitato l'appartamento prima di noi. Qualche mese per pitturare di nuovo le pareti, cambiare gli infissi alle finestre, sostituire le piastrelle del bagno. Avremmo messo il parquet al posto del marmo e sostituito la serratura. Pochi lavori, questione di mesi.

"Servirà una ditta?" aveva chiesto Andrea.

"No, si figuri, sono lavori che qualsiasi immigrato fa bene e a due lire. Se vuole, le mando io qualcuno. È un ragazzino peruviano, lavora bene, non ficca il naso dove non deve."

Andrea non aveva esitato ad accettare, il pensiero di soldi non spesi lo faceva stare bene.

Il ragazzino si chiamava Miguel.

Aveva diciassette anni e occhi più vecchi di lui.

I capelli neri e lisci, raccolti da un elastico. A volte alzava la maglietta per tamponare il viso; s'intravedeva un corpo ridotto all'essenza, un addome scavato. Un profumo, il suo, che non è francese e non è di marca: è pelle che fatica e nella fatica si lava.

Andrea non poteva seguire i lavori, era stato nominato primario, mandava me in quella nuova casa a fare la guardia, a controllare che quel ragazzino di colore non s'intascasse i soldi stando fermo.

Miguel e io passavamo molto tempo insieme: gli portavo il pranzo, un panino ripieno che mi facevo preparare all'alimentari e una lattina di Coca.

La casa sgombra, solo un tavolino dove appoggiarsi e due seggiole pieghevoli.

Il ragazzino mangiava seduto per terra, appoggiato al muro, le gambe incrociate.

Non aveva intenzione di sedersi accanto a me.

Forse mi odiava come odiava i bracciali che portavo, il mio orologio, le mie camicie di seta, i miei orecchini di perla.

Sofia diceva che il mondo si divide in due facce: una ride, l'altra piange; in mezzo c'è l'indifferenza dell'equatore.

Miguel veniva dalla faccia sbagliata, ma aveva anche lo sguardo di chi è pronto a tutto.

Rubava, era questa l'idea che mi ero fatta.

Una volta era venuto con un walkman, uno di quegli aggeggi per ascoltare la musica, sapevo che costavano parecchio, non erano da molto in circolazione.

"Dove l'hai preso?"

"L'ho trovato, signora."
"E pensi che io ti creda?"
"La fortuna non è solo tua, signora, la fortuna è di tutti, a volte tocca pure a me."

Quando, finita la giornata, andava in bagno a sciacquarsi, avevo preso l'abitudine di controllargli lo zaino, se aveva infilato qualcosa lì dentro.

Non trovavo prove, ma ero sicura che presto sarebbero saltate fuori.

Ascoltava musica tutto il giorno, le cuffie fisse nelle orecchie, mentre dava una passata di vernice, mangiava, stuccava il muro.

Parlavamo poco, mi guardava spesso.

Mi convincevo che non guardasse me, che puntasse gli ori che avevo indosso: mi aiutava a tenere le distanze.

Dovevo reprimere l'istinto di prenderlo sottobraccio, ridere, scherzare, parlare con lui, lui che era così simile a Sofia, veniva dalla stessa terra di contraddizioni, inciampava sugli stessi accenti.

Dovevo reprimere l'istinto di dirgli "bentornata".

"Ti ho portato il pranzo" gli dicevo appena entrata, per giustificarmi di quelle visite puntuali, di quella sorveglianza offensiva.

Fogli di giornali stesi in terra facevano un percorso di vernice e notizie vecchie.

Miguel camminava sopra nomi di ministri e deputati, sopra leggi e condoni fiscali che avevano fatto discutere. Camminava sulle facce onorevoli di presidenti e cancellieri, con la strafottenza dei suoi diciassette anni.

A volte mi chiedeva altri fogli e io mi ritrovavo a fare una selezione: prendevo le poche pagine di pubblicità, gli davo quelle, le altre le mettevo in salvo. Lui mi guardava e non capiva.

"Va bene tutto il giornale" diceva e allungava la mano per prenderlo.

"No, non va bene. Ti do le pagine inutili" replicavo, frenando la sua mano pronta ad afferrare.

"Se è un giornale di ieri, va bene tutto. È roba vecchia."

Mi infastidiva quel ragazzino che metteva le sue scarpe sporche di vernice sulle notizie che erano già storia, mi sentivo storia anch'io, mi offendevo in quanto "roba vecchia".

Avevo quarant'anni, tenevo gli occhi puntati alle spalle.

Miguel no, Miguel guardava avanti, aspettava le notizie del giorno dopo, scordava facilmente, come solo i ragazzi sanno fare.

Eravamo lontani, anche a pranzo: lui continuava a mangiare il suo panino per terra, a bere la sua Coca ghiacciata, ogni tanto gli risaliva su, deglutiva più forte e cacciava indietro un rutto. Io mi portavo un po' di frutta lavata in un sacchetto, mi appoggiavo al tavolino, la sbucciavo con un coltello, bevevo acqua naturale, mi restava più facile da digerire.

Una volta Miguel, con un gesto, mi ha invitato a bere un sorso della sua Coca-Cola, l'ha allungata verso di me con il braccio.

Gli ho detto "no, grazie, non mi piacciono le bevande gassate".

Lui mi ha guardato negli occhi, ha scosso la testa e sorridendo ha detto: "Hai una vita senza bollicine, signora".

Sono rimasta là, zitta, come solo la verità zittisce.

"Che te ne pare di quel ragazzino?" ho chiesto ad Andrea per interrompere quel silenzio che abitava le nostre cene.

"Mi sembra autistico. Quelle poche volte che l'ho visto aveva le cuffie infilate nelle orecchie."

Ascolta musica tutto il giorno, Miguel, passa la carta vetrata sul muro e lo vedi che tiene il tempo, vive in un mondo suo, forse più comodo del mio, forse potremmo starci bene in due in quel mondo.

Mi capitava sempre più di frequente, la sera, d'immaginarmi le sue mani. Mani ruvide, segnate dai graffi del cacciavite, eppure morbide, la morbidezza dei diciassette anni, la pelle che cicatrizza subito. Le avevo sfiorate passandogli un bicchiere di carta, lui aveva preso la mia mano e insieme il bicchiere, mi aveva fissato con quegli occhi, più bui del buio, più neri del nero, quegli occhi che conoscevo bene, mi avevano protetto da bambina, mi sembrava di poterci trovare protezione di nuovo. Lui guardava me e io guardavo i miei piedi, come mi capitava ogni volta che non sapevo in che direzione scappare e restavo ferma, per il ricordo del cuoio che puniva i miei slanci. Era da quel giorno che avevo quelle mani davanti.
"E tu, Giulia, che ne pensi?"
Pensavo che in fondo anche io ero autistica.
Pensavo che avrei voluto ballarla quella musica.
E mi vergognavo di quel pensiero ridicolo.

Il desiderio.
Il desiderio è il diavolo che t'infiamma il corpo.
Lo dicevano le matrioške, quando dalla finestra vedevamo passare il signore del quinto piano, un uomo sulla cinquantina, i capelli bianchi come la neve, s'era invaghito della domestica, aveva cacciato di casa moglie e figli, era andato dal notaio e aveva fatto scrivere che lui lasciava tutto a quella donna, che non gliene fregava se era la domestica, lui l'avrebbe promossa a regina.
"S'è preso il desiderio" diceva mia madre di lui.
Lo diceva anche del fruttivendolo, "s'è preso la polio", e mi spiegava che per questo aveva il braccio destro rinsecchito.
Era partita così in me bambina l'idea che il desiderio fosse una malattia.
E avevo una paura fottuta, che mi si rinsecchisse il braccio, che quel desiderio diventasse visibile a tutti, non potessi più nasconderlo.

Vestirsi ogni giorno in modo diverso, aggiustarsi gli abiti prima di salire le scale di quel nuovo appartamento, passare il rossetto sulle labbra, stare bene attenta che non ne finisca un po' sugli incisivi.

Legarsi con un fermaglio i capelli dietro la nuca, guardarsi per ore allo specchio, poco convinta, andare a comprare il suo panino, domandarsi quali siano i suoi sapori preferiti e dispiacersi di non conoscerli.

Ricominciare a fare l'amore da sola, come quando avevi quindici anni, immaginare le mani che vuoi dove vuoi.

E un attimo dopo sentirsi colpevole di un piacere che ti avevano insegnato che si chiama vizio, che ti avevano detto che non si fa.

Sono queste le avvisaglie di chi s'è preso il desiderio.

Miguel sembrava estraneo ai miei tormenti, continuava ad ascoltare la sua musica, a tenermi al di fuori delle sue note, però mi guardava, puntava gli ori, sì, puntava gli ori. Continuava a mangiare seduto sul pavimento, le gambe incrociate.

"Non vuoi sederti a tavola?" gli chiedevo, per poterlo avere vicino, come la falena che vola attorno alla luce, a costo di bruciarsi le ali.

"No, signora" rispondeva secco.

Un giorno gli ho chiesto "perché?".

"Perché se ti sto troppo vicino, rischio di confondere il tuo profumo con il mio. Tu sei gentile, signora, ma io devo stare col culo per terra, devo ricordarmi quello che non posso."

Il giorno seguente mi sono alzata dal tavolo e sono andata a sedermi io per terra, accanto a lui: avevo una gonna di seta, ho dovuto piegare le gambe di lato, stavo scomoda, ma gli sorridevo e mangiavo il mio panino, sì, avevo preso due panini uguali e due lattine di Coca, voglio una vita con le bollicine, Miguel, sono una notizia di ieri che tu già calpesti.

È stato quello il primo sbaglio, Mia, il primo sintomo.
Il braccio destro cominciava a rinsecchirsi.

Non esiste azione senza conseguenze.
Un gesto trascina con sé un altro gesto, un anello tira l'altro: è così che abbiamo costruito la nostra catena.
Miguel mi aveva regalato un mangiacassette.
"Hai trovato anche questo?" gli ho chiesto preoccupata.
"No, questo l'ho comprato."
Non potevo permettere che un ragazzino mi facesse un regalo, gli ripetevo "dimmi quanto hai speso, ti restituisco i soldi", ma lui non ne voleva sapere di soldi.
"Mi hai fatto capire che siamo pari, signora, e quindi devi accettare il mio regalo."
"Smettila di chiamarmi signora, ok?"
"Ok, signora."
Aveva smesso di usare il walkman, metteva la musica direttamente nel mangiacassette, inondava casa con quelle note. Finalmente sapevo cosa dava il ritmo ai suoi movimenti. Era salsa e tango e balli d'oltreoceano, danze con passi precisi che non puoi improvvisare.
A volte cercava d'insegnarmi qualche movimento, io diventavo rigida e mi tiravo indietro.
Altre volte invece, quando mangiavamo uno accanto all'altro seduti per terra, vedevo un po' di vernice bianca sulla sua guancia o sulla punta del suo naso e mi veniva naturale bagnarmi il dito con un po' di saliva e cercare di pulirlo.
"Quello che ogni tanto viene qui è tuo marito?"
"Chi? Andrea?"
"Sì, il vecchio."
"Non è vecchio."
"A me lui non piace."
"A me sì, per questo l'ho sposato."
Quando ha finito di montare il parquet mi ha detto che

non c'erano scuse, bisognava ballare, vedere se quel pavimento reggeva.

"Non ti preoccupare dei passi. E non guardarti i piedi. Guarda me. Segui i miei occhi."

Premi play e fai partire la musica e io li seguo i tuoi occhi, Miguel, come faccio a guardarmi i piedi se ti ho davanti, ti sento, sento il tuo braccio sul mio fianco, sento il tuo bacino contro il mio, sento che le mie scarpe non sono più di cuoio, sono di aria, sento il tuo respiro che si fa ogni minuto più corto, sento che tutto questo non è giusto, eppure lo sto facendo, è la prima volta che faccio quello che voglio, la prima volta che qualcuno non decide per me. La gente dice che si fa sempre in tempo a cambiare strada, a fare inversione, ma io con te sto in autostrada, non si può tornare indietro. Sento che mi baci e forse è il tuo primo bacio e magari questa notte una ragazzina ti sta sognando e sarebbe più giusto che tu fossi con lei in questo momento, sento che la mia gamba si intreccia con la tua e perdiamo l'equilibrio, cadiamo a terra, uno sopra l'altro, sento che vuoi fare l'amore, mi spogli, ti spoglio e forse è la tua prima volta, hai fretta, sei maldestro, mi entri dentro piano, affondi il tuo naso nei miei capelli quando il piacere esplode e non lo sai trattenere.

Io non lo sapevo cos'era il piacere, Miguel, me l'hai insegnato tu, oggi.

Ho sentito la voce di Gabriele e quella di Andrea, ho sentito il loro piacere che arrivava, il mio non c'era e mi sembrava giusto che non ci fosse.

Mi dici "Dio, quanto sei bella" e mi sembra che prima di te nessuno me l'abbia detto.

Mi fai scoprire a quarant'anni di essere bella: la mia bellezza nasce e passa insieme.

Hai inventato un mondo di parole nuove, Miguel.

Ho scoperto di avere mani, quando me le hai prese, di avere labbra, perché tu le baciavi.

Di essere donna, ogni volta che mi hai spogliato.

"La cosa non si deve ripetere" mettevo in chiaro mentre mi sistemavo i capelli e il vestito.

Eppure la cosa si ripeteva ogni giorno.

Mi chiedeva se quando tornavo a casa Andrea volesse fare sesso, se accettavo, se pensavo a lui in quei momenti.

E io gli chiedevo se mi aveva pensato, se gli piaceva la mia gonna, se mi faceva un sorriso in più.

Vivevamo uno nell'insicurezza dell'altro.

Due sudori diversi i nostri, la mia testa, la sua pelle.

Due anatomie lontane, la mia e la sua.

Ci siamo bagnati senza guardarci in faccia, voltati dall'altra parte, abbiamo goduto fissando punti invisibili per non riconoscere anche nei nostri occhi una traccia diversa.

"Restiamo abbracciati per un giorno intero, ti va?" gli chiedevo.

"Per tutta la vita" mi rispondeva accarezzandomi i capelli.

"Sono cose che si dicono" gli dicevo sorridendo.

"Sono cose che si sentono" replicava offeso, con una purezza alla quale era difficile non credere.

Mi spiegava che nella sua lingua c'è una parola che suona come il mio nome: Jubia. Vuol dire "pioggia".

Essere pioggia non è facile.

Devi concederti solo alle terre che hanno bisogno di te, altrimenti allaghi.

Mi chiamava Jubia e diceva non darti ad altre terre, io ho sete di te, se scendi su di me cresceranno i frutti, se scendi su chi non ha bisogno di te, non ci sarà raccolto.

A volte mi scriveva un biglietto e me lo infilava in borsa.

Cercava di farsi spazio, durare più di un pomeriggio, essere un pensiero della sera.

Una volta, uno di quei biglietti capitò nelle mani di Andrea. Forse cominciava ad avere sospetti, forse stava davvero cercando una penna e si era messo a frugare nella mia borsa.

"E già mi manca la mia pioggia.
M."

Con passo certo mi aveva raggiunto in cucina, dove stavo apparecchiando la cena.

"M. come Miguel" aveva detto restando sulla porta.

L'ho guardato sorpresa, senza sapere bene a cosa si riferisse, senza conoscere le prove che m'inchiodavano.

"M. come Mia moglie è ridicola."

Andrea non aveva intenzione di smettere quel gioco di iniziali e accuse, gli faceva bene trasformare la stanchezza in rabbia e cacciarla fuori dal corpo.

"M. come Mi viene da ridere.

M. come Mia moglie seduce i ragazzini.

Che c'è, gli diventa duro quando ti vede?"

Andrea non urla, lui è capace di dire cose cattivissime con un sospiro.

Andrea non usa armi, lui è capace di uccidere senza sfiorare con un dito.

"M. come Me ne vado a dormire, Andrea. Mi sono stancata dei tuoi giochini."

Sono andata in camera, lui mi ha raggiunto poco dopo.

Ci siamo addormentati sui due versanti del letto.

E Miguel continuava oltre il pomeriggio, cominciava a occupare il volume delle mie sere, delle mie notti, dei miei ultimi pensieri prima di chiudere gli occhi e dormire.

M. come Mi piace ballare.

M. come Mi sono innamorata.

M. come Mi sento amata.

I lavori di una casa finiscono.
Le stagioni cambiano.
La fortuna può girare gli occhi da un'altra parte.
Ma il mio amore per te non conosce interruzioni.
L'uomo d'affari ha una cravatta per ogni occasione.

Gli attori possono recitare mille poesie.
Ma io so solo te a memoria.
Ci sono laghi e fiumi e il Gran Canyon da vedere, ma io voglio esplorare la fossetta che hai ai lati della bocca.
Ci vediamo in quella via isolata, Miguel.
Ti vengo a prendere al lavoro, in quell'altra casa che stai ristrutturando.
Ti aspetto all'angolo della strada.
Può darsi che farò tardi, può darsi che un paziente mi blocchi all'uscita e mi chieda di dargli un'occhiata, può darsi che Andrea mi chieda dove vai e io non abbia la risposta pronta e debba farfugliare qualcosa, può darsi cento cose, Miguel, ma aspettami lì, che io vengo.
Facciamo l'amore in macchina, in periferia, dove nessuno arriva a vederci. Oppure andiamo al parco, ci rotoliamo nell'erba, ridiamo a crepapelle, parliamo a vanvera, e tu mi ripeti che sono bella e io ti rispondo che sei bugiardo.
Andiamo avanti così per più di un anno.
Ed è difficile stare con Andrea e non pensare a te, infilarsi nella vasca da bagno ogni sera, cancellarti dalla mia pelle.
Mi chiedi una foto, non te la posso dare, non voglio prove di questo amore, che a guardare le prove ci si accorge dei crimini.
Tienimi, Miguel, tienimi dentro e non farmi vedere a nessuno.

Dieci giorni di ritardo, dieci giorni.
Vado in farmacia, mi sento dire "auguri" e subito rispondo "è un falso allarme" e dire quella frase mi fa stare meglio.
Chiudo la porta del bagno: una, due mandate.
Uno schizzo di pipì sulla cartina.
L'ho chiesto tante volte, Dio, ma adesso no, adesso sarebbero guai.

"Sono nei guai, Marzia, nei guai fino al collo" le ho anticipato al telefono e lei si è precipitata qui.

"Dieci giorni di ritardo, dieci" le ho detto ad alta voce, non c'è nessuno in casa.

"Dai, magari questo mese salta. Capita. Ce l'hai puntuale il ciclo?"

"Come un orologio svizzero."

Le ho chiesto di andare in farmacia a comprare un test di gravidanza. Il farmacista è amico di mio padre, se mi riconosce sono finita.

Marzia ha sospirato ed è andata, "non ci voleva" ha detto. È tornata col fiatone, credo abbia corso per fare il più in fretta possibile.

"Il farmacista ha detto che basta farci la pipì sopra e si vede. Adesso i test sono rapidi e sicurissimi, basta aspettare tre minuti e non serve neanche fare le analisi del sangue per conferma."

"Sembra facile" e prendo in mano quella scatolina di cartone.

Faccio la pipì con le gambe che mi tremano, qualche goccia cade sulla tavoletta, qualcuna sulla cartina.

Marzia impugna l'orologio e comincia a contare.

"Lo leggi tu il risultato, Marzia."

"E perché io?"
"Perché io non ce la faccio."
"D'accordo."
I tre minuti sono scaduti.
Marzia prende quello stick e legge il risultato.
"Grazie a Dio."
Negativo.

Positivo.

Un cerchio deciso.

E ora che faccio.

Dopo qualche giorno vado in un laboratorio di analisi per farmi il prelievo del sangue.

Sarà un falso allarme, mi ripeto.

"Confermato" dice l'infermiera dandomi le analisi.

Auguri.

E ora che faccio.

Ho il cinquanta percento di possibilità, la stessa distanza che c'è tra un sì e un no, lo stesso sbaglio.

Il cinquanta percento di possibilità.

Testa l'uomo, croce il ragazzino.

No, non si può tirare a sorte.

Non puoi nascere già così indeciso.

Io voglio darti la sicurezza che non ho avuto.

Idea, mi ci vuole un'idea.

La mantide religiosa uccide il maschio dopo che si è fatta mettere incinta.

Ma non può esserci una famiglia monca di un uomo.

A me hanno insegnato che una donna senza marito è meno di metà. E io ho scoperto da sola che una figlia senza padre è meno di un quarto.

Io ho faticato per darti il meglio, volevo darti mura solide, sono tue, volevo un parquet che non ti freddasse i piedi, volevo darti una tavola piena di chiacchiere e una famiglia di cemento.

Io non sono una mantide.

Ci regaliamo una giornata al mare.

Hai appena preso la patente, sei orgoglioso, vuoi guidare tu.

Hai comprato una Panda blu, la portiera di destra non si chiude bene, la devi aggiustare, la marmitta è scoppiettante, la devi cambiare, ma è un affare, ripeti.

"Tuo marito non conosce la mia macchina, potrò passare a prenderti senza nessun problema" e hai un sorriso furbo.

Quanto sei cresciuto in fretta, Miguel.

Forse è stata colpa mia.

Guidi come un pazzo sulla Colombo, in direzione Ostia, corri che sembri inseguito, e io ti dico piano, ma tu non senti, contento, confondi le marce, dalla prima passi alla quarta, dalla seconda alla quinta.

L'abbiamo fatto anche con noi questo errore, siamo passati dalla prima alla quarta, dalla seconda alla quinta.

Mi hai insegnato la velocità dei passi che non ragionano.

"Sei tenera" mi hai detto una volta.

Ho pensato: no, io non sono tenera, io sono di legno.

Hai visto in me quello che neanche io ho visto.

Ti dico "ho dimenticato l'asciugamano" e tu mi rispondi "non ti preoccupare, c'è il mio che è grande", guardo il tuo asciugamano ed è un fazzoletto di spugna celeste e niente più. Mi fai sentire che se ci siamo noi non abbiamo scordato niente.

La spiaggia è deserta. Siamo padroni del mare, possiamo tuffarci in acqua e stringerci più forte e nessuno ci guarderà pensando a quanto siamo ridicoli, una donna matura e un ragazzino insieme.

No, Miguel, non facciamo l'amore stavolta, usciamo dall'acqua, che ho i polpastrelli arricciati dal freddo.

Mi avvolgi il tuo asciugamano sulle spalle, non basta a coprirmi, me lo strofino sulla pelle il più veloce che posso.

E mi chiedo se anche quel punto-e-virgola che mi sta dentro trema. Allora mi tolgo l'asciugamano dalle spalle e lo poggio sulla pancia.

Miguel tira fuori dallo zaino una spazzola e cerca di pettinarmi i capelli bagnati, è difficile amore mio, sono capelli da rivoluzionaria, eppure nella mia vita non ho cambiato niente, non sono tanto lontana da mia madre, sono il frutto che è caduto a pochi passi dall'albero.

Miguel si rimette a cercare nello zaino, "ma quante cose hai lì dentro?" gli domando, tira fuori una Polaroid e mi scatta una foto a tradimento. "Ti ho detto niente foto" gli ricordo. "Lo so, solo questa, me la metto nel portafogli, guarda quant'è bella, è un peccato buttarla."

Ce ne stiamo abbracciati ad asciugarci al sole.

Tornerò a casa con le guance cotte.

Dirò a mio marito che sono andata al solarium, o forse no, dirò la verità, sono stata al mare, la pianterò con le bugie, che tanto alla verità si arriva sempre.

Sì, al mare, con Miguel, sì, il ragazzino.

Miguel che mi guarda e non sa.

E continua a fare progetti e a parlare e mentre parla gesticola e con le mani disegna mondi nuovi.

Gli passo il sacchetto con la frutta lavata, prende la mela, l'addenta, con l'acqua del mare che gli scivola dai capelli e gli riga la bocca.

Ha lo sguardo di pozzo che aveva Sofia: sono persone che, se ti sporgi per vederle meglio, finisci per perderti lì nel fondo.

"Ti piacerebbe avere figli?" mi chiede e non sa che ce l'ho qui in grembo, è tuo al cinquanta percento, Miguel, tu sei croce e Andrea è testa, la verità sta in una moneta.

"Sì. E a te?"

"A me piacerebbe una figlia," dice mentre mastica, "un maschio no, i maschi hanno bisogno di meno attenzioni, crescono tra gli amici, si guardano alle spalle da soli, capiscono quali sono le donne sbagliate e quelle giuste, con le prime si divertono, con le seconde si sposano e mettono su famiglia. I maschi nascono grandi e ti fanno fare il padre a metà. La femmina è diversa. La devi proteggere da tutto, s'innamorerà degli uomini sbagliati e tu devi metterla in guardia, riceverà complimenti volgari e tu farai in modo che non senta. La femmina devi stare attento che non perda l'incanto."

"A me invece piacerebbe un maschio. Sono cresciuta in una famiglia di donne e ho voluto molto bene a una donna del tuo paese, si chiamava Sofia. Ho capito che le femmine hanno un tormento in comune. E io vorrei un figlio facile."

"Allora se un giorno facciamo un figlio e ci viene maschio il nome lo decidi tu, se viene femmina lo decido io" mi propone sorridendo.

"Affare fatto."

"Che nome gli daresti?"

"Non so, mia madre aveva la fissa dei nomi latini, diceva che quelli col nome prezioso la gente li rispetta. E tu come chiameresti tua figlia?"

Miguel finisce di mangiare la mela, lancia il torsolo lontano, col polso si asciuga la bocca.

"Mia."

"È un nome egoista."

"È un nome che si difende. È un mondo di padroni questo, ma mia figlia sarà proprietà di nessuno, terra libera."

Ci regaliamo una giornata al mare.

Che tutto sia perfetto nei nostri ricordi.

Ti lascerò domani in macchina, nella tua Panda blu di cui vai tanto fiero, parcheggiati in una via sperduta di cui non saprei ridire il nome.

"Non funziona tra di noi."

"A me sembra che funziona benissimo" dici.

Anche a me, Miguel, anche a me.

Non piangere, vedi che non sono tenera?, è meglio così, i tuoi amici ti chiederanno perché piangi, gli dirai per una donna e loro te ne faranno conoscere un'altra così ti toglierai dalla testa quella troia che ti ha fatto soffrire.

Ricordi quando stuccavi i muri e pitturavi le pareti?

Stendevi i fogli vecchi di giornale sul pavimento e ci camminavi sopra.

Andrà così, Miguel, fidati.

Mi lascerai a terra, mi calpesterai come facevi con le notizie dei giornali di ieri.

Mi scorderai facilmente, come solo i ragazzi sanno fare.

Voi a diciotto anni siete come le lucertole, se vi si mozza la coda, si riforma subito.

Io invece non ti potrò scordare, sono in un'età di nostalgie, potrei avere più emozioni passate che future.

Io "scordare" è un verbo che non conosco.

Scordare è più crudele di dimenticare: chi è dimenticato viene tolto dalla mente, chi è scordato viene tolto dal cuore.

E se io abito nel tuo cuore e tu mi cacci, io non avrò altro posto dove stare.

Dimenticami, Miguel, ma non scordarmi.

Ti saluto, come si dice in questi casi, addio.

"Come faccio a non chiamarti?" mi chiedi.

"Sarà naturale. Un giorno perderai il mio numero. Ti cadrà dalla tasca il bigliettino su cui l'hai scritto."

Sarà casuale, le persone dimenticano e ricordano per caso.

"Ce l'ho in testa il tuo numero. Dovrei perdere la testa, mi dovrebbe cadere dalla tasca, e non è possibile."

Adesso è impossibile, poi sarà facile.

"Vediamoci una volta l'anno, capitiamo una volta l'anno, come il Natale, vuoi essere il mio Natale?"

Basta, Miguel, riportami a casa, no, non puoi salire, Andrea potrebbe tornare.

"Lascialo."

"Non posso."

"Sei innamorata di lui?"

"Sì" e lo sai che non è vero, ma che vuoi che faccia, che ti dica la verità, che ti metta il dubbio di un figlio, io tremo al pensiero che ti assomigli, che abbia le fossette ai lati della bocca, ti lascio la tua strada. Sei un ragazzino, è capitata qualcosa più grande di te e di me, noi non siamo capaci di affrontare cose simili, Andrea sì, Andrea è razionale, Andrea mi ha salvato dalla mia famiglia, Andrea mi ha riscattato.

"Vattene" ti prego ma tu ti pianti davanti al portone.

Salgo a casa, Andrea torna stanco dall'ospedale, va a letto presto.

Io resto in piedi. Si fa l'una, le due, le tre di notte.

Continuo a scostare la tenda e a guardare attraverso gli spicchi delle grate. E ci sei, ogni volta che guardo, ci sei.

Sei ancora in macchina, al portone.

Non scenderò quella rampa di scale, lo sai bene.

Allontanati dalla mia finestra.

Vattene. C'è un'altra donna che ti aspetta nel mondo.

Una donna che non ha paura di venirti incontro, che non ha un marito che dorme nel suo letto e un figlio in grembo. Ti amerà senza stancarsi, senza riprendere fiato.

E quando le farai un sorriso, il tuo sorriso di ceramica, lei ti bacerà le fossette ai lati della bocca, forse nello stesso punto in cui te le baciavo io, forse un po' più a sinistra.

La domenica ve ne andrete a Ostia.

E tu le farai una foto al tramonto, mentre sta seduta sulla sabbia, con il tuo asciugamano di spugna sulle spalle e la pelle che sa di noccioline. Metterai la sua foto nel tuo portafogli, al posto della mia.

Ma quando pioverà, una pioggia forte, che sembra non finire mai, sarai triste. Anche tu.

Penserai alla tua Jubia.

Penserai che il cielo piange con te.

Non essere così romantico, amore mio.
Sono io che piango con te. Per te.
Vattene. Vattene. Vattene.
Bravo, gira la chiave nel quadro e metti in moto.
Forse un giorno ti capiterà di sentire un passo dietro di te e ti girerai di scatto. Ma, vedi, non sarò io quel passo.
Sarà la mia ombra, che ti segue.
E a volte capiterà anche a me di correre in salone perché avrò sentito il ritmo dei tuoi piedi nudi sul parquet.
Ballerò con la tua ombra, un'altra volta.
Bravo, abbassa la frizione e inserisci la prima.
Sparisci dalla mia vista.

Apparecchio la tavola come nei primi mesi di matrimonio, quando al rientro mi davi un buffetto sulla guancia, compro i tulipani bianchi e li metto in un vaso, tiro fuori le posate d'argento e le ceramiche di Caltagirone, siamo gente ricca, abbiamo faticato per esserlo, siamo gente felice e non c'è mai riuscito bene.
Andrea torna dal lavoro, è stata una giornata pesante, lascia la camicia nella cesta dei panni sporchi e ne indossa una nuova. Hai le mani grandi, mani esperte, conosci i lavori d'intaglio, ma mettere il bottone nell'asola ti è sempre rimasto difficile, "aspetta, ti aiuto".
"Non serviva" dici ed è il tuo modo di dire grazie e m'intenerisce.
"Sono incinta."
Finisco di abbottonarti la camicia e mi afferri le mani, sento tra le mie le tue dita che si trasformano in rami segnati da nodi, la tua pelle si stratifica in corteccia. Non ti lasci attraversare dalla corrente, diventi di legno e mi baci.

C'eravamo Luca e io.
Stavamo al buio, abbandonati e muti. A un certo punto gli do un bacio sulla fronte, sì, proprio così, lo bacio sulla fronte e lui mi dice "questo è un bacio da padre", allora lo bacio sulla guancia e chiedo "e questo?", "questo è un bacio da amica" mi risponde, allora lo bacio all'angolo della bocca, "e questo?", "questo è un bacio che non ha coraggio". Allora ridiamo, perché io non voglio avere coraggio e lui non vuole avere rimpianti.

Lo dicono tutti, giornalisti, scrittori, insegnanti.

Te lo spiegano fin da subito che non si dice "bello", è un aggettivo poco ricercato, eppure è l'aggettivo più preciso che c'è per descrivere quei mesi.

Era bello sentirti crescere, scalciare, schiacciarmi la schiena per prendere i tuoi spazi.

Era bella quella sensazione di pieno.

Io che ero coda, io che ero la più piccina delle matrioške, stavo nell'unghia di tutte, adesso avevo un contenuto.

La notte in cui sei nata ti hanno messa in braccio a me, sapevi di sangue e placenta e sudore e latte, odoravi di tutto quello che dà vita a un corpo.

Andrea ha ispezionato ogni centimetro di te: "ha il marchio d'origine" ha detto quando ha visto la tua voglia di caffellatte nell'interno coscia, la stessa sua.

Eri figlia di Andrea ed ero contenta così.

Eppure, a volte, mi capitava di vedere in certi tuoi tratti alcuni particolari di lui, di Miguel. Quello sguardo di pozzo, quegli occhi più bui del buio, più neri del nero, quel sorriso di ceramica.

Mi piaceva pensare che ci fosse qualcosa di lui in te, mi aiutava a sentirlo meno distante.

Il tempo è dispettoso: ogni giorno ti fa ricordare un dettaglio in meno, fino a cancellarti del tutto le immagini.

Ho cominciato così a dimenticare il suo viso: correvo dietro a un jeans sceso, inseguivo un ragazzo che aveva i suoi stessi capelli scuri, chiamavo a gran voce un uomo con il suo zuccotto di lana celeste e le mani macchiate di vernice.

Continuavo a chiedermi dove fosse.

Era la pazzia del lupo, che prima aveva perso la preda e poi aveva perso anche le sue tracce.

Si comincia cercando quella persona nelle altre persone, si finisce cercandola negli oggetti.

Una notte mi sono svegliata, ho preso lo stetoscopio, l'ho puntato contro i vetri delle finestre, il parquet, cercavo di sentirlo nelle cose, speravo che i muri soffrissero ancora come quando li scartavetrava, che il pavimento mandasse un suo passo di salsa e tango.

Tu dirai che queste sono le sciocchezze di una donna, ma, vedi, Mia, io ho vissuto di queste sciocchezze.

Questa è la mia storia fino a te.

E non è storia solo mia.

È una storia di donne cucite e anche tu ne fai parte, tuo malgrado.

Troverai queste pagine domani, non voglio rileggerle, che a rileggere si rischia di cancellare la verità, te le do così, come sono venute, te le metterò sulla scrivania.

Spero che non le darai ad Andrea, che resterà un patto di donne cucite.

Vedi, Mia, nelle stanze d'aspetto dell'ospedale, dopo qualche minuto di silenzio, ognuno racconta i propri mali a chi gli sta seduto accanto. Sono discorsi che hanno l'utilità dello sfogo e dell'avvertimento: a parlare ci si alleggerisce e, a volte, l'esperienza di uno salva l'altro.

È per questo che ho deciso di darti la mia storia.

Ti ho raccontato un male che potrebbe essere il tuo, Mia, e allora prendilo in tempo, combattilo.

Il cielo è carico di elettricità, piove acqua e luce.

La città, previdente, si è coperta di ombrelli, sa che non un suo angolo si salverà.

La pioggia è imparziale: bagna il palazzo di un duca e i quartieri del popolo.

La pioggia bagna il ricco e il povero, il vecchio e il ragazzino, ci rende tutti ridicoli allo stesso modo, la pioggia non fa distinzioni, sono gli esseri umani che le fanno.

Piove oggi, piove e non sembra smettere.

Chissà se Miguel sta pensando a mia madre.

Non sto qui a giudicare lei, come lei non ha giudicato me. Forse, a raccontarsi fino in fondo, nessuno al mondo è nella condizione di giudicare.

Penso che smetterò di scrivere, diario.

Penso che comincerò a parlare.

Penso che quest'estate è vicina e non ho ancora organizzato un viaggio.

Penso che a novembre dovrò iscrivermi all'università e non ho ancora un'idea precisa.

Penso che non m'importa, voglio smettere di pianificare la mia vita, che certe volte alla vita bisogna togliere il guinzaglio, lasciarla andare dove va.

Penso che Luca sta qui sotto da un'ora, è zuppo d'acqua,

mi ha detto al citofono "non mi muovo da qui finché non scendi", è senza impermeabile, non è una persona previdente lui, è uno di quelli che escono senza ombrello e poi affrontano il tempo che sarà.

Penso che lo lascerò bagnare ancora un po' o forse no.

Penso che il legno è tosto, ma sotto l'acqua può ammorbidirsi.

C'è un ragazzo che ti aspetta sotto la pioggia, Mia.

Non farti bella, non serve, non truccarti, non c'è tempo per infilare l'impermeabile, abbandonati al vento, alla pioggia, al clima dell'anima.

Vai, corrigli incontro, amore mio, vai, non avere paura.

Scendi le scale in fretta, brava, così.

Vedessi come corre, Miguel.

Non ce li ha Andrea, non ce li ho io, quei piedi sono i tuoi, quei passi spericolati glieli puoi aver dati solo tu.

Vedessi come vola tua figlia, Miguel.

I personaggi che appaiono in questo romanzo sono di pura fantasia.
Ogni riferimento ad avvenimenti o a persone reali è puramente casuale.

p.140 → corrergli incontro

teoreme – theory
precipizio – downfall
              rovina
ingranaggio – mechanism

BISOGNA TORNARE INDIETRO

goes back to memorie   wounded
              from youth

head
physician

I'm made of
        wood